奈須蘑菇

Illustration／武內崇

空之境界

the Garden of sinners / recalled out summer

未來福音

空之境界

the Garden of sinners / recalled out summer

未來福音

Kinoko Nasu / Takashi Takeuchi

the Garden of sinners / recalled out summer

未來福音　*Möbius ring*

這個世界上，存在著兩個我。
一個我在現在（這裡），一個我在未來（那裡）。
我的左眼和右眼各不相同，即使看著同一個事物（世界），也會產生不同視點。

一個我拿望遠鏡眺望遠方，
一個我從後照鏡回顧過往。

不管是哪一個我，罪孽都一樣深重。
預知結局的我，是不負責任的神明。
我只是默默地等待改變不了的未來。
未來不值得期待，不值得抱持希望，不值得我發表什麼評論。
乏味的日子，
乏味的未來，
乏味的人生。

……不過，我自己想必才是最乏味的人。
滿懷憂鬱地躺在床上，有如每天的例行公事。
看著這樣的自己，三天後的我發出嘲笑。

／未來福音

我擁有兩個世界。
若問哪個世界是哪個世界的影子，老實說，我根本忘了要去確認。

4／

一九九八年八月三日，上午十一點四十分，豔陽毒辣地高掛天空。

稍微遠離觀布子市中心的河岸邊，有一棟開幕即將滿十周年的大型百貨公司。

從車站到這裡隔了一段距離，所以百貨得以坐擁大片土地。從遠處望過去，有如孤立在都心的城塞。

這棟建築樓高四層，長邊往兩側延伸出去，屬於典型格局。

百貨內部設有一家大小光顧時，必定造訪的美食區、儘管沒有最新機種，商品也算不上落伍的電器用品店，其他還有販售鞋子、衣服、洗潔劑、燈飾等各種不同類型商品的店面，一間接著一間。

這裡是帶有現代風，機能均衡的商品展銷中心，亦是附近居民的生活命脈。只要別太挑剔，一切需求都可以在此得到滿足。

然而，相對於陳列在此的多樣化商品，整個空間卻顯得了無生氣。

這棟百貨公司在中午前很少有客人光顧。畢竟這裡跟站前的商家不同，以附近居民為主要客源，現在當然還沒從睡夢中醒來。從店員到顧客，大家的一天都是過了中午十二點才開始。

即使是暑假期間也不例外。百貨公司的平日早晨，瀰漫著慵懶的氣息。

這裡的步調，不知比外面的世界慢上多少倍。

儘管有零零星星幾位顧客，內部的時間依舊與外界脫節。不論是不祥的救護車呼叫聲，還是刺耳的警笛，似乎都沒有傳入大家的耳裡。

他們是醒著的，但沒有什麼活著的樣子。

這棟宛如城塞都市的百貨公司，正因外側固若金湯，他們只對內部異常狀況有所反應。

因此，誰也沒有察覺到那個可疑分子。

場景移到占地跟百貨公司一樣廣的立體停車場三樓。這裡出現一名身著和服，藏著小刀，追趕某人的少女，但是連監視器都沒有捕捉到她的畫面。

「──喲，炸彈魔，終於追到你啦。」

少女朝手機説完這句話，便鬆開指尖。

手機應聲摔到水泥地上。

她抽出背後腰帶裡的小刀。

雙眼絲毫不大意地緊盯四周。

停車場內沒有半點聲響。

夏天的陽光照射進來，地面出現深黑色陰影。

這一帶停著幾臺車子。

室內的天花板很低，柱子跟車輛又形成遮蔽，視線受到相當大的限制。

雖然少女應該不可能察覺……但她確實知道……我躲在相距二十公尺外的大型車輛陰影處。

在我們兩人之間，設有三個炸彈。

我在附近的車頂裝設鐵管，每根鐵管內各塞了火藥，以及五百顆左右直徑只有幾公釐的鋼珠，為了讓火藥威力達到最強，我還將鐵管的兩端完全密封。在此之前，我製作的是以破壞為目的之燒夷彈，不過，這次的情況不同。這些炸彈的目的是把人殺死。經過一而再、再而三的失敗，我判斷若想對付那名少女，這種方法最實惠，效果又最好。

鐵管爆炸後，四散的鋼珠射程達十公尺。為了確保滴水不漏，我還設計成從三個方向包夾，阻斷她所有可以躲避的地方。因此，我根本看不見她有萬分之一可能的未來（奇蹟）。不僅如此，我也老早確認過，鋼珠不會飛到我躲藏的位置。待會兒即將受害的，只有被炸得骨肉分離的少女、被鋼珠打成蜂窩的汽車、以及十秒後即將走出電梯的一家人。

少女應該看不見我，但她依然筆直走向這裡。

這時，電梯門開啟。

一對笑容和藹的父母，與捧著購物袋的孩子走進停車場。

少女瞥一眼那家人，我在這個當下啟動遙控開關。

剎那間，構造單純到不可能出差錯的引信點燃火藥。

那零點幾秒的短暫猶豫，使少女的行動些許遲疑。

一秒鐘後。

兩儀式完全無法可躲，被爆炸迸射出的兩公釐鋼珠貫穿全身，不成人樣地當場死亡。

1／

夏天。無庸置疑的夏天。

刺眼的陽光螫得人睜不開雙眼。

青翠的綠意從森林流洩而出。

雖然日本一進入夏天，市區總是被濕熱的暑氣籠罩，深山內的校園遠在都市喧囂難以企及之處，舒適得像個避暑勝地，早晨也顯得格外舒爽。

這裡是與世隔絕，任誰都會忍不住多瞧一眼的現世監獄——更正，其實是學校，私立禮園女學院。這座全日制、缺乏刺激的學校專供日漸稀少的正統大小姐就讀，宛如獨立的機動要塞。

『瀨尾，妳從國中開始就念這裡？真的假的，整整三年都過這樣的生活……唉，我是今年才進來的。說實話，我真的覺得妳們的腦袋很有問題。』

直美的整張臉上寫滿倦怠，為我有辦法在此待這麼久大感咋舌。她是到了高中，才進入這間學校。

從高中開始就讀的學生，十之八九都對這裡嚴苛的校規感到絕望。

原則上，禮園女學院採完全住宿制。管理之徹底有如魔鬼，不用說是踏出校地，連在宿舍內串門子都得先提出申請。一天中的一半時間在學校上課，另一半則被關在宿舍房間，對正值青春年華，喜歡到處玩耍的女孩子而言，想必是一段難捱的日子。

可是——

那些大小姐在自己家裡，一定自由自在得教人羨慕。她們會在媲美一國公主的奢華房間待上半天，讓俊美帥氣的執事沖茶送上來，一邊喝著，一邊笑說：「哎呀，Gravetaker（黃金獵犬，八歲）又在庭院給客人添麻煩了，呵呵呵～」

成為名門富豪的方式不只一種。有些人並非家族本身很有錢，也不是懂得怎麼運用財產，他們單純埋頭於自己的興趣，結果有一天，便突然變成大富翁。

在北陸地區有一定名氣的釀酒世家，瀨尾家——亦即我生長的家庭——即為這種莫名其妙的例子之一。

說起我家這個兩百年老招牌，釀起酒來簡直像是著了魔，態度之狂熱幾乎可以驅走冬天的嚴寒。家裡不論老小，只要手頭閒著，一律會被抓去幫忙，沒有第二句話。

因此，我從小便與酒泡在一起。若論品酒，我敢說在禮園學院內不會輸給任何人。但要是真的說出這種話，只會換來悔過室的七日招待券……不對不對，比起這個，我在進入禮園學院就讀前，根本沒有所謂的「自由」可言。那段日子裡，我天天幻想，即使住單人房也沒關係，如果能把時間花在自己真正的興趣上，將是多麼美妙的事情。而今，上帝似乎聽見我的祈求，賜予我每天有一半的時間窩在寢室，跟室——不對，是跟書桌大眼瞪小眼的自由！

更美妙的是，我住的是A班分剩的空房，目前還沒有室友。當其他同學兩兩住一間房間時，只有我是一個人獨享整間房間！換句話說，只要提防一下修女，便再也無需注意任何人的視線。這樣的環境真是太理想了！

……總而言之，現在的學校生活很合我的理想。除了偶爾為了一些個人因素，會稍微陷入消沉，整體來說，我真的過得很好。

「…………唉。」

話是這麼說，此刻的我卻因為修女的傳喚，嘆著氣在宿舍走廊上踱步。

大片的玻璃窗外，是晴朗的夏日陽光。

我的心情鬱悶，每走一步，古老的木造地板便發出一陣咯吱聲。這不是我體重的關係，而是行李太沉重。

『一年A班瀨尾靜音小姐，令尊來電有找，請至一樓辦公室——』

廣播響遍整棟宿舍，聽到的當下，我肩膀的力量立刻被抽乾。

跟「憂鬱」比起來，這種心境更接近「該來的果然躲不掉」的失落、心死。

嘿咻~我重新背好背包，把空無一人的夏日長廊拋在後頭。

◇

時序剛進入八月，這天早晨——

我在毫無預兆的情形下，接到父親來電。

父親劈頭便說「本來答應妳今年夏天可以留在學校，但是我改變心意了。請妳在這個星期內回家。」面對如此不可理喻的要求，我儘管滿肚子火大不滿，但為了在形式上順應父親的期待，還是用「你趕快下到釀酒地獄吧」表示理解，將話筒還給修女。

「瀨尾小姐，妳準備要回家嗎？」

「是的。家中計畫好像有些改變……對修女造成困擾，真是不好意思。」

「哪裡，辛苦的其實是瀨尾小姐。事發這麼突然，連行李都無法好好收拾——」

學院內的艾巴赫修女是出了名的沉著，她說到一半，視線落到我腳邊裝好行李的波士頓包上，我則草草填完返家申請單，交給她。

「真讓我意外。妳準備得真快。」

「沒有啦，我也只有這一點比較厲害。」

我向修女道別後，前往宿舍的交誼室。

交誼室是宿舍內唯一允許學生交談的地方。

晚餐後有一個小時的時間，供大家聚集在交誼室聊天。這是禮園學院內僅有的娛樂。不用說，交誼室門口當然有修女看著，所以沒辦法太放肆。

目前正值暑假，從早上開始，便沒有看見修女的身影。畢竟大部分的學生都返回自己的家，修女們也就跟著放暑假。

「……真是的，下一班公車還要等三十分鐘。」

連公車時刻表都跟我過不去。

今天是八月三日星期一，我原本打算至少在學校留到盂蘭盆節。可是，既然老爸都打電話來催人，也只好乖乖回家。反抗他的命令，只是浪費自己的力氣。這一點我比誰都來得清楚。

再說，從昨天夜裡，我便準確地看見這個結果（未來）。

「喔，沙發上有一隻小懶貓。瀨尾，妳在這裡做什麼啊？一大早便睡回籠覺，以為自己很了不起嗎？」

「——————」

我只好懶洋洋地爬起身。

直美從隔壁的自修室來到這裡。儘管直美有一副反骨性格，念起書倒是很勤奮，算得上有為少女。雖然每次都說「自修室的紅茶不用錢，卻又很好喝……」云云，抱怨快受不了這裡的住校生活，同時又很努力地讓自己樂在其中。

「啊，不對，我說錯了。比起貓來，應該說是狗才對。好啦，妳到底在這裡做什麼？等人？」

「……不是。老爸打電話來，叫我趕快回家。」

我鬱悶地嘆一口氣。

直美知道我家裡的大概情況，因此她聽了，也如同向上天禱告，「啊——」地為我嘆一口氣。

「騙人～虧妳那麼期待去海邊玩水，太過分了吧！難道中間不能回來個一天？」

我正是因為沒有辦法回來，才懶洋洋地躺在這裡。

還有，她似乎有所誤會。我期待的並非去海邊玩水，而是跟泳裝、沙灘、炒麵等等一概無關的另一大濱海戰場。

「真沒勁～對了，不然妳膽子大一點，至少試試看蹺家嘛。需要錢的話，我可以資助妳。再說，妳爸爸提出那種要求，不是應該當場拒絕？妳回去以後，宿舍會越來越無聊啦！好嘛好嘛，隨便編個身體不舒服或跟人有約之類的理由，蒙混過去不行嗎？」

非常遺憾，不論什麼樣的謊言，都瞞不過我的老爸。

我看到瀨尾靜音回到自己家之後，一把鼻涕一把眼淚地在滿是酒氣的工廠內，踩著木屐舀蒸米——一旦看見這個畫面，之後不論我再怎麼掙扎，結果都不會相差太多。最大限度的改變，大概就是提早一、兩天回來學院。

「不用。我已經覺得怎樣都無所謂了。」

我再度倒進沙發。

直美看著我這隻小懶貓，一副「真沒辦法～」的樣子——對她而言，應該是小懶狗

——但怎樣就是放心不下，索性「嘿咻」一聲，挑一把附近的椅子坐下。

「唉，妳這個人啊，平常不怎麼動腦袋，一些奇怪的地方卻看得很開……反正現在不論我再說什麼，妳也只會當成耳邊風……要搭下一班公車回去嗎？」

「不早點出發的話，到時候回家都已經深夜。對了，直美，妳今天早上是不是喝咖啡？」

「嗯？不是，我喝紅茶。怎麼了？」

「沒什麼，只是想問一下。」

直美搞不懂我在想什麼。但事實上，連我自己都搞不太懂。我有一個很奇怪的毛病，三不五時問一些雞毛蒜皮的問題。這個毛病從孩提時代便已養成，直到現在仍然改不掉。

「那麼無聊的話，妳不是也可以回家一趟？而且妳的家在香港，那裡應該很好玩吧。」

「我的作風跟妳相反。妳看我平常行為舉止這個樣子，申請外出只會被修女退回。家裡老爸也說機會正好，要我留在這裡多受一些管教。」

她無奈地聳聳肩。

直美厭惡自己的父親，程度甚於對校規的厭惡。從我的角度看來，那兩個人一見面，永遠有鬥不完的嘴。總之，只要父親說往東，她便一定故意往西。

對這樣的一個人來說，要讓她回家的條件，條件，條件是——

†

儘管她嘴巴上那麼說，幾天後，她也終於死心，將頭髮染回原本的顏色，離開宿舍。

原因是，她的[redacted]的弟弟遇到[redacted]。

她背著一個背包，快步離開宿舍。

卸妝之後的她，無論怎麼看，都是個氣質出眾、走到哪裡都毫不遜色的大小姐。

†

記憶中的聲音、現實的聲音——

記憶中的畫面、現實的畫面，兩者緩緩重疊——

我盡可能不讓人察覺自己在暈眩。在我的面前，尚未將髮色染回的直美苦笑道：

「算了，多虧那個新轉進來的學生，害我的名次往下掉。即使拿不到全年級第一名，也得撈個前三名，否則又要被修女們嘮叨個沒完。所以最近我都乖乖地用功。」

直美的素行不良歸不良，她的優異成績確實也讓修女……不，是整個校方無話可說。

對這樣的一個人帶來威脅的，是在六月尾聲轉進來的學生。我不知道她的名字，又跟她分在不同班級，所以根本沒見過她一面。唯一聽說的是，她好像非常難應付。

「那個人啊，在全國模擬考的排名好像很前面，為什麼還要轉來這間學校？」

「誰知道。據說那是她本人的強烈要求。而且她原本是來自N縣的大小姐，因為突然發生什麼事情，目前住在宿舍長的房間。」

「喔……」我心不在焉地應聲。

我尚未見過那位轉學生本人，所以還無法接收到她的電波。

……根據聽到的傳聞，對方是一位完美無瑕的大小姐，跟我這種冒牌小姐大概是八竿子打不著關係。我們身處的世界截然不同，話題不可能有什麼交集。

「對了，瀨尾，妳要這樣直接穿制服回去？不先換便服嗎？」

「……不用。我沒有其他衣服，老爸也不寄幾件過來。」

我越說越沒勁，最後又變回一隻小懶狗。

這副模樣似乎太可憐，直美終於看不下去，猛然從座位上站起。

「笨蛋，妳應該早一點說啊！跟我來，我借衣服給妳！」

她說罷，便用力拉著我的手，離開交誼室。

不用說也知道，她之所以願意出借衣服，也是出於自己的盤算。

「我會借妳衣服，所以妳回學校時，記得幫我帶一些東西。來。」

她塞給我一張一萬元鈔票。

看來找回來的錢，我可以拿去自己用。

接著，直美說出一張要我幫忙帶的外國樂團專輯。修女們要是聽到這張專輯的名稱，肯定會雙眼發白，當場暈倒在地。這毫無疑問是禮園學院的第一級違禁品。不過，作為交換條件倒是還不賴。

「可以是可以。但我不認為有這個必要。」

「為什麼？修女不是滿照顧妳的，從來不檢查妳的行李。」

「嗯，藏在行李內是很安全沒錯……好吧，反正我也喜歡那個樂團。」

「？？？」

直美小姐出手大方，如果她離開學校後實在等不及，自己先買下那張專輯，多出來的一片自然會讓給她的好朋友。沒有錯吧。

我為自己市井小民狡猾的一面嘆一口氣，快步在長廊上行走。

八月三日，上午九點三十分——

此時此刻，我的未來完全如同三天前所看見，是沒有任何新鮮感的平凡日常。

2／

『幹也，你知不知道『觀布子之母』？』

一間由我任職的事務所參與設計之旅館落成，我們受邀參加紀念派對。

派對結束後，我回到昏暗的事務所，還沒脫下被黑煙染髒的宴會服，蒼崎橙子所長便拋來一個略感懷念的字眼。

◇

八月三日，天氣晴。

豔陽散發眩目的光線，將高樓大廈林立的市街包覆在悶熱的暑氣中。

今天的氣溫創下入夏以來最高溫，舒適度也突破入夏以來最低點。

腳步逐漸逼近的盛夏，一件一件地剝奪往來行人身上的東西。水分自然不在話下，另外還包括從容、耐性、以及稍事小憩的精神。

地面上的人影顏色變得更深，似乎不單純是日曬強烈的關係。

時間已過上午十一點，豔陽以帝王之姿高掛天空。一想到這樣的熱度要持續到傍晚，任誰都會想鑽進有冷氣的室內避暑。我跟式約在老地方——Ahnenerbe 咖啡店——見面，真是明智的選擇。雖然尋找觀布子之母的目的落空，確定她不在這一帶出沒，也算是一項收穫。

我穿過大樓間不到窄巷程度的小路，來到大街，前往 Ahnenerbe 咖啡店。

——說到觀布子之母，她是過去相當有名的街頭占卜師。

印象中，直到我高中二年級為止，她一直在這附近擺攤。我自己是沒有請她占卜過，但班上的女生們都很相信她，所以多少對那個名字有些耳聞。

那段時期，占卜蔚為一股風潮。不過，在更早以前，人稱「觀布子之母」的女性便三不五時在這附近出沒，為人街頭占卜。

這位占卜師之所以出名，不是在於她的風采或預言準確度。

她擅長的並非預測未來，而是教人如何免於遇到不幸。

『不久之後，你跟另一半的戀情會降溫。不瞞你說，其實就在兩天後……嗯？還喜歡對方，說什麼也不想分手？那麼，你一個人出去旅行個三天。記得帶一些伴手禮回來。』

——占卜者聲稱在她如此直截了當的建議下，皆成功地免於遇到不幸。雖然她都是預言「尚未發生的不幸」，也就沒有所謂的「避免」。但事實上，我確實聽說有些女生沒有聽從指示，後來真的遭遇她口中的「不幸」，沒有任何例外。

於是，好事者將那些女生的案例加以渲染，認為由此可以逆推出，占卜的準確率為百分之百。

然而，觀布子之母本人不滿意這種說法。「我根本沒有預測你們的未來。如果還要再談那些有的沒的，我從此便不再占卜。」經她這麼一說，女生們才轉而在私底下流傳，沒有讓事情轟動起來。

這一陣子，幾乎沒聽到關於觀布子之母的消息。

難道她搬去其他地方？又或者，觀布子之母僅是存在高中女生之間的都市傳說？

兩年過去了，她們口中的那個人已不知去向。

「……不過，占卜師通常都晚上才開始做生意。橙子為什麼會對她有興趣呢——」

這時，轟隆轟隆轟隆——突如其來的巨大聲響，幾乎要把我的耳膜震破。

我本來打算走近路，誰曉得剛轉過轉角，便遇到道路施工，一側的車道被完全封閉。

……就算你們不是占卜師，也拜託考慮一下這裡龐大的車流量，等晚上再來施工好不好——天氣這麼熱，使我連一點小事都忍不住發牢騷。

之後，我步行大約十分鐘，來到熟悉的路口。

一道白光照射過來，我頓時感到暈眩。

大馬路上的陽光一點也不留情，跟落在建築陰影處的小徑完全不同。陽光經過大樓玻璃外牆反射，將柏油路面烤得炙熱。

時間即將進入中午，路上滿是各式各樣的人。

現在正值暑假，穿著便服的少年少女，比一身西裝的上班族來得多。

大家各自有各自的生活，擦肩而過的行人映入眼簾，都將成為一閃即逝的街景。關於這點，我也一樣。若要仔細觀察每一個行人，一天的時間會在轉眼間流逝殆盡。

我不認為對周遭的漠不關心，純粹是伴隨現代化發生之道德轉變。

人類這種生物，要是不跟別人保持一定距離，便有可能迷失主題（自己）。這是理所當然的事實。逐一對每個人產生移情，才是導致人們失焦，忘記自己才是主角的因素。

因此，即使發現擦身而過的「某個人」陰沉著一張臉，也必須盡可能裝做沒看見……這是讓日子過得安穩的訣竅。不，應該說是基本常識。

不用說，我當然也明白這一點。然而，要我放任一個很明顯遇到麻煩的人不管，同樣有失自己的作風。

舉例來說——

在跟人約好的咖啡店前面，看見一名被三十幾歲的男子抓著手腕，快哭出來的少女，我便沒有辦法默不作聲。

來往的人潮避開男子與少女，形成一個空曠的小圈。這個圓圈有如那兩個人的舞臺。男子不耐煩地質問少女，少女儘管臉色發白，仍然拚命想告訴他什麼。

「——」

好——我稍微整理情緒，走向那個舞臺。

突然想起不久之前，才被大家罵是「濫好人」。可是，遇到這樣的狀況，即使是我以外的人，也會想插手調解吧。

「不好意思，請問兩位發生了什麼事嗎？」

男子與少女一起看過來。

男子一改原本不耐煩的表情，尷尬地別開視線。

少女淚眼汪汪，愣愣地看著我這個好管閒事的局外人。

「……什麼啊，你認識這個傢伙？」

「抱歉，我只是碰巧路過的人。但是看到兩位這樣，便無法置之不理。恕我多管閒事，請問你跟她發生了什麼事？」

我再次為自己的冒然舉動道歉，並且盡量好聲好氣地詢問。結果，男子的表情更加尷尬，遲遲開不了口。從這個反應看來，他應該不是急性子的人。

「不是啦，不是你想的那樣。都是這個女的突然來觸我霉頭──」

男子說到這裡，少女難為情地低下頭。

「……咦？」

……真是出乎意料。

原來被找麻煩的不是少女，而是這名男子。

根據男子的說法，他帶著大波士頓包走在路上，冷不防地被這名少女纏住。

『你如果繼續帶著這個包包，會遭遇不幸。』

少女這麼大聲告訴男子，說什麼也不肯離開。男子實在忍無可忍，才對少女出手。

「嗯……請問，是真的嗎？」

我向少女確認。少女點點頭，柔弱地吐出一聲「是」。

「好啦，這下你知道了吧。受害者可是我喔。我也不想在這種地方跟她爭執。」

「可，可是……這位大哥，您再這樣下去的話，會發生意外，會受重傷！您會被捲入砂石車意外，輾成一攤肉泥！」

「啊～～夠了！天氣這麼熱，怪人也跟著出來了嗎！這個麻煩的傢伙交給你，我可沒有時間在這裡耗下去。」

見少女一直這個樣子，男子再也受不了，粗暴地大吼……我收回之前的評論。雖然這名男子不太像急性子的人，但也不是那麼有耐性。

「別這樣啦，請稍等一下。照理來說，對方不太可能沒頭沒腦地說出這種話。我問妳，妳為什麼會這麼認為？」

「…………」

少女只是不安地低垂視線，怎麼樣都不肯說明理由。然而，她小小的手仍然緊抓男子的背包不放……事到如今，即使我想幫她辯解，也沒有辦法。

男子開始對少女的可疑行徑感到厭煩，硬是把背包扯回來。

「夠了沒，我要走了！接下來由你去傷腦筋。順便幫忙轉告她，我沒有出手打人，便該好好感謝我！」

「啊，那個……至少請不要走近路！還有，我認為您的工作也很有問題！」

「混帳，給我差不多一點！妳再吵的話，我要叫警察囉！」

「噫！」男子厲聲喝斥，少女嚇得肩膀顫抖一下。

他一邊咒罵，一邊氣沖沖地離去。

剩下我跟心情低落，發出「嗚嗚……」嗚咽的短髮少女留在原處。

「妳沒事吧？」

「啊，我沒事……不好意思，謝謝您幫忙解圍，我才得救。」

少女怯生生地向我行禮道謝，模樣頗像一隻小狗。

「那麼，我先走了！如果不趕快追上去，雖然那個人相當差勁，他的家人還是會很難過的！」

她消沉歸消沉，但還是抬起頭，打起精神。

她才剛被那名陌生男子大聲咆哮，心裡一定害怕得要命。然而，她仍舊強忍淚水，要去追那名男子。

「等一下，妳再把他攔住的話，他可能真的會出手喔。」

「咦……那真的，很，可怕……可是，不是有句話說，『見義不為無勇也』？」

「嗯，這個想法很好。不過，我想先問妳一個問題。為什麼妳認為那個男的會遭遇不幸？」

「這，這個……」

一被問及原因，少女又支支吾吾起來，眼眶也再度泛淚。不過，她這次不是因為想起被咆哮的恐懼，而是類似某種無助的孤獨。

「……我就是，這麼想。我的直覺一向很準確，看到那個人，便覺得他身上的背包，會讓他在前方的施工路段發生意外。」

她帶著全世界最寂寞的表情，輕聲吐露。

……我可以理解那份意志（表情）。

那是一種希望，希望對方相信她說的話。

也是一種絕望，絕望於對方不可能相信。

儘管眼淚快要流出來，她仍然拚命地壓抑某種情感。

……那已經是好久以前的事。

下著雨的冬夜裡，那名女子為自己無力辦到的事，哭得傷心欲絕。

「真教人意外。妳只因為自己的直覺，便說出那種話。也難怪那個男的會生氣。」

「——！」

少女似乎想說什麼，但最後又勉強吞回去，失落地垂下頭。

那副模樣實在很像一隻小狗。

「不過，真的是那樣的話，可就大事不妙。由我去說服他，這樣總可以了吧？」

「咦？」

少女抬起頭，不敢相信自己聽到什麼。我豎起大拇指，告訴她「包在我身上」。

「由妳去跟他說，事情只會越弄越麻煩，所以乖乖留在這裡。事情順利的話，我會回來告訴妳。」

「這……咦，什，什麼——!?」

我抛下一臉訝異的少女，逕自轉身去追那位男子。

雖然已經看不到男子的身影，如果少女所說為真，我便能掌握他的去向。因為他前往的地方，正是我不久前經過的施工路段。

3／

我在禮園女學院所在的郊外搭上公車，欣賞一個多小時的風景，抵達目的地。

一下公車，我便受到盛夏陽光的熱情迎接。一路伴隨我前往ＪＲ線觀布子車站的，還有學院內不存在的喧囂、某位被電線桿和砂石車貨臺壓成夾心的陌生中年男子。

→

「……唉。」

眼前的暈眩讓人感覺快死掉。我幾乎要喘不過氣。

如果這只是離開冷氣車，立刻來到炎熱室外所產生的反應，不知該有多好。

這種感覺，有如整個腦袋被人用湯匙挖空，丟進裝滿汽水的池子。

隔著冒汗的玻璃，我同時看見未來與現在（過去），連自己處在哪一邊都分不清楚。哪一個我才是真正的我，被挖空腦袋的一方？抑或是汽水池中的那個腦袋？不管怎麼樣，相隔許久再度見到「某人死亡的未來」，我的心跳差點停止。

……對喔，自己怎麼忘得一乾二淨。住校生活是很無趣沒錯，但危險也相對降低，我才沒有機會像這樣目睹與自己無關的不幸。

「——、——」

我用盡吃奶的力氣，讓中止的呼吸延續下去。

厭惡、道德、節制、勇氣……對各種事物的恐懼，使我的喉嚨逐漸乾燥。

陌生的男子拖著沉重的腳步，背著大背包慢慢遠去。

「啊，啊，啊——」

怎麼辦？怎麼辦？我該怎麼做才好？

應該上前告訴他嗎？還是見死不救？如果真的說了，對方一定會不高興。

雖然不瞭解那個人，我也一併看見他從事什麼樣的工作。那名男子專門收購便宜的東西，再高價轉售出去，亦即典型的強迫推銷、詐欺、常在街頭兜售物品的那種人。可是，不論什麼樣的人，都有自己的家庭。我還不小心看見，他同樣很珍惜自己的家人。

我一方面慌張失措，另一方面又冷靜得連自己都受不了。

畢竟，我早已經習慣。從小時候開始，我便習慣這檔事。

過去我總是說一些教人摸不著頭緒的話，大人們因此疏遠我。結果，最後的下場永遠是那個樣子。反正我說出口，也只會換來怒氣或訕笑，反正對方只是一名陌生的中年男子，乾脆閉上眼睛，轉過身去，裝做什麼也看見……沒錯，只要不管閒事，便不會知道下場如何。我不願意再受別人的氣。因此，我要時時提醒自己，多少學會對眼前的事物睜一隻眼、閉一隻眼——

「那，那位先生，請等一下！」

——可是，試想看看，如果後悔的只有我一個人，即使心裡痛苦，也比到時候其他人後悔好。不是嗎？

「那位先生，就是你！背著大背包的先生，惡劣的街頭兜售商人！」

路人聽到這句話，一陣漣漪般的騷動頓時擴散開來。

不用說，扔出那顆石頭的，就是我自己。眾人紛紛跟我保持距離。

接著，

「——啥？」

那名商人轉過頭，用天底下最不悅的表情瞪我一眼。

「什麼，妳在說我？」

「呃……不是的，其實——」

在他強大的壓迫感下，我的腦筋變成一片空白。

照理來說，此刻的我驚慌失措，應該說不出半個字才是。然而，男子被擠壓得不成人形、扭曲腫脹，有如學校福利社賣的麵包那一幕，深深烙印在我的腦海裡，怎麼樣都無法揮別。

於是，我擠出渾身的勇氣，在聲帶上施力，走到這名陌生的男子面前。

↑

最後，一如以往地，事情以慘敗收場。

——不過，就在那時，另一名怪人過來解圍。

「不好意思，請問兩位發生了什麼事嗎？」

我知道這樣說很失禮。但是，在鬆一口氣的同時，我也為那名男子徹頭徹尾的濫好人性格感到傻眼。

話說回來——

那一句話，比過去的所有暈眩、所有看見的未來，更不具真實感。

沒辦法，誰教一直以來，從來沒有人像這樣友善地對待我。

我一愣一愣地說不出半句話，那名怪人則冷靜地聽大叔說明事發經過。

大叔見他自始至終保持中立，心頭的火氣逐漸消退，最後瞪了我一眼，便離開現場。

剩下我跟這名怪人留在原地。

從他待人處事的方式看來，年紀應該比我大。惡劣的商人大叔離開後，他轉而問我為什麼說對方會遭遇不幸。

「……我就是，這麼想。我的直覺一向很準確，看到那個人，便覺得他身上的背包，會讓他在前方的施工路段發生意外。」

反正我老實說明理由，他也不可能相信，最後只會對我嘲笑。

我連頭都懶得抬起，隨口編一個理由。

……該怎麼說才好。我當然不希望被嘲笑，但如果被眼前的這個人瞧不起，我真的會覺得不如在這裡死了算了。然而——

「真教人意外。妳只因為自己的直覺，便說出那種話。也難怪那個男的會生氣。」

就是這樣。不論如何，結果都不會改變。

這名男子無奈地聳聳肩膀——

「不過，真的是那樣的話，可就大事不妙。」

下一秒，他卻對我露出笑容。從他口中流露出的，是我這輩子第一次聽到的感情（話語）。

「——咦？」

「由妳去跟他說，事情只會越弄越麻煩，所以乖乖留在這裡。事情順利的話，我會回來告訴妳。」

他一說完，隨即快步追趕那名大叔。

我還沒反應過來，呆呆地杵在路中央。

連眨好幾下眼睛後，我才開始回想消失在轉角的那個黑色背影。

嗯……總之，先確認看看。

剛才發生的一切不是幻覺。雖然很像幻覺沒錯，卻是無庸置疑的事實。怪人說「包在我身上」，於是我鬆一口氣。接著，他又要我留在這裡。仔細想想，這樣可能趕不上待會兒要搭的特快車，但這點事情已經不重要了，於是我點頭答應……這麼說來，我從頭到尾低垂著頭，根本沒看到對方的長相，難怪剛才只會用「怪人」稱呼他——正當我對自己吐槽到一半，遠處橫跨河流的橋上，傳來類似煙火的爆炸聲響，我才猛然回神。

「咦，咦咦咦～～」

爆炸！爆炸了！

附近的行人也停下腳步，一起看向橋的方向。爆炸聲巨大到連這裡都能聽見，可見其威力有多驚人。然而，我沒有看見黑煙竄升。我是知道一定會發生事故，但不過是一起傷亡事故，並非這種在市區發生爆炸，連警車都要出動的大規模事故。

可是……萬一那名怪人相信我說的話，追上大叔，看見他經過施工道路旁，那麼剛好地被一旁的砂石車貨臺鉤住背包，拖行過電線桿時被擠成麵包捲，趕忙上前阻止，結果因為做得太過頭，造成砂石車失控，最後在橋上——

我的膝蓋開始顫抖，一陣噁心感同時襲來。我彷彿要連同所站的地面，被下方的地獄吞噬。

「喲。」這時，怪人對我舉起手，回到我的面——面前——

「久等啦。妳完全說中了。真是好險，差一點就要沒命了。」

然而，這名戴著黑框眼鏡的男子說起話，卻一點緊張感也沒有。

這一次，我好不容易抬起頭，跟他正眼相望。

——好想死。不對，應該說好想殺了五分鐘前的自己。

我怎麼會一直用「怪人」稱呼他……

「那個人僥倖逃過一劫，沒受什麼重傷，只有一點跌倒的皮肉傷。」

他的左手臂留有大片摩擦痕跡。想必是那個大叔即將被砂石車捲入之際，他硬是扯下背包的關係。

這名男子明明被牽連受傷，卻絲毫不以為意。

面對從未體驗過的事態，我的腦筋再度變成一片空白。

他相信了我的那種話——

先前看見的景象沒有發生——

不僅如此，這是第一次——

「嗯，真的太好了。那個人現在應該也很感謝妳吧。」

——妳很了不起喔。

這是第一次，有人認同這種可笑的自我滿足，並且引以為傲。

「——、——」

當我察覺時，已經來不及了。剛才忍耐那麼久的情感，或許還包括長久以來積壓的情感，在這一刻沖破堤防，化為大顆大顆的淚珠，流出眼眶。

「咦……哇，妳怎麼了！」

眼鏡男子慌了神，一個勁地盯著我猛瞧。這也是當然的。在大庭廣眾下，看見比自己小的人當著面哭出來，哪個人不會慌慌張張？

儘管自己也覺得對他過意不去，我的眼淚就是不肯停下來。

我幾乎不曾像這樣喜極而泣過。而且說實話，這位大哥慌慌張張的模樣，完全射中我的心。

以上是一切的開端，同時也差不多是結束。

這就是我，瀨尾靜音，與黑桐幹也先生命運般的邂逅。喔，我戀愛了～

曾經，我擁有兩個世界。

這不是錯覺，也不是比喻。兩個世界如同桌上的螢幕，將一模一樣的景物，分成不同的世界，呈現在我的眼前。

左眼的世界（螢幕）是現在，右眼的世界（螢幕）是結局。

我追求自己期望的結局（未來），而迷失在一切的希望中。

知曉未知者，品嘗不到人生喜悅。

永不失敗者，成功不會來得滿足。

我所看到的結局（未來），絕對沒有扭轉的可能。

我的一舉手一投足，皆是為看見的結局做準備。

這樣的我，宛如沒有半點意志的機械（Automation），宛如純粹來往於左眼與右眼的人工亡靈。

乍看之下，我像是在構築未來；實際上，我不過在侍奉未來，有如低俗的劣等神明。

那些既非錯覺，亦非比喻。

即使是妄想也好。如果是妄想，我或許還會成為比較像樣的人類。

†

倉密目留科是一位職業炸彈魔。

他是直接接受承包的拆除工，或者可以說是暗中接受委託，做事乾淨、不留痕跡的表演者。這麼說的原因在於，即使本人沒有意願，只要有人期待他大顯身手，由他創造出的舞臺也聚集大量觀眾，便可以稱之為「表演」。

在他的觀眾中，大部分是身著整齊制服的男子，而且都是會認真欣賞他實際工作的難得老主顧。跟其他只會湊熱鬧的傢伙相比，這群客戶可是好上不知多少倍。

言歸正傳。雖然說倉密目留科是炸彈魔，事實上也沒有那麼駭人聽聞。

他主要的爆破對象是器物、建築物，而非以殺人為目的。假如有誰提出委託，他當然也會接受。所幸到目前為止，尚未有人開出請得動他殺人的價碼。

找上門的案件，只能算是小型的表演性質。

例如將鋁粉與磁性氧化鐵混合製成的燒夷彈，用化學肥料或機油做成的化學炸藥。爆炸的時候是很華麗沒錯，但威力只有煙火的程度，頂多拿來騙騙小孩子。

再說，雖然要殺一個人，這樣的炸藥量已經綽綽有餘，在這個國家裡，人命仍屬於無價之物，沒有辦法換算成金錢。牽涉到人命的委託，他實在應付不來。至少他個人對此深信不疑。

倉密目留科的工作，跟舞臺破壞者非常類似。他受僱於人，負責把舞臺弄得一團亂，讓臺上的主要角色從大功臣淪落為尖叫著四處逃命的小觀眾。炸彈充其量只是煽動人群的一種道具，讓他「看得見未來」的妄想運用到淋漓盡致的裝置。

『我對未來不抱期待，也不抱希望。』

沒錯。這不是誇飾，也不是比喻。他確實擁有「預見未來」的力量。

他在人生的早期階段，便發現自己眼中的事物跟別人不同。

他可以看見未來的影像。

這個特異能力，已經非常足夠打亂一個人的人生。

不妨以設立目標為例子。

在求學時代，學生們的目標，大多是更高的考試成績。

倉密目留科用右眼看見自己的理想成績。

同一時間，左眼看見努力考上理想成績的當下（方法）。

未來不是夢想，而是憑堅定意志建構出來的東西——他還是小孩子的時候，便理解這個道理。

問題是，他右眼看見的畫面，完全取決於此時此刻（當下行為）。

他並不是看見未來。

映在右眼的畫面不是未來，不過是五分鐘後、一天後、或是一個月後的「當然結果」。

他只是提前看見自己努力而來的結果——

這項事實剝奪了倉密目留科的人類情感。

他對未來不抱期待。

人生中發生的事，通通可以預見。

他對未來不抱希望。

人生中發生的事，無一不是未知。

反過來說——他的「現在」沒有價值可言。

當自己完全明白如何得到期望的結果（未來）——即使那樣的選擇滿是辛酸——對他來說，做出其他選擇，便沒有任何意義。

這種感覺，如同印上正確答案的題目卷。

一旦右眼看見結果，左眼便跟著看見達成結果的方法。

接下來，只要依照方法行動，未來就會和事先看到的完全相同。

『什麼嘛，人生真是無聊透頂。』

倉密目留科感覺自己跟社會之間出現隔閡，理所當然地被孤立，進而演變成現在的景況。

只要僱主願意出錢，從犯罪預告到實際爆破，他都願意通通包辦。當初開始這門生意，只是為了賺取零用錢。如今，他一年大約會收到三件委託。

再怎麼說，一般社會不需要這樣的人才，也不容許這樣的人存在。

日本的警察很優秀，一旦爆破計畫進入實現階段，主嫌不消多久即會被逮捕，接下來便等著供出受到誰的委託。這樣的工作跟報酬完全不成比例，名為倉密目留科的炸彈魔，最多最多只會成為大家幻想出來，都市傳說程度的笑柄。

——倉密本人是這麼認為的。

不過，隨著他接到第一份委託，案主之後又來哭著拜託再一次，接著在該案主的介紹下，又有其他人前來委託……他的案子從此源源不斷，一切跟他料想的大不相同。

他依照委託完全任務，並且漂亮地逃過警方追緝。

沒有人知道炸彈魔的真實身分。他一開始便沒有根據地，沒有藏匿處，也沒有組織在背後撐腰，僅靠一支手機接洽生意。此外，他的目的只有一個，那就是「金錢」，連前來委託的客戶是什麼樣的人，都懶得深入瞭解。這個炸彈魔不渴望展現自己，沒有任何堅持。這樣的人說不定很符合現代社會的需求。後來當他察覺時，自己已經成為職業炸彈魔，完全靠這一行吃飯。

『喂，那邊很危險喔。』

——他與她的相遇，不知該說是上天的恩惠，還是上天的懲罰。

某天工作結束後，他在回去的路上，被一名穿著和服的少女喊住。

這次的工作非常普通，純粹是委託方出於私人恩怨，打算干擾他的對手。委託方提出的要求，是破壞掉旅館的一層樓，使落成典禮泡湯，但不要造成傷亡。

要破壞一整層樓的話，需要費比較多的功夫。不過，實際上依然可行。旅館內只有受邀參加落成典禮的賓客，靠近屋頂樓層的警衛，也可以說是形同虛設。

倉密目留科僅需看著自己所要的結果（未來），依照看見的畫面行動。

結果，一切如同他的右眼所見，旅館陷入一片濃煙。

在爆炸發生的前五分鐘，他晃到旅館的庭院，準備確認結果（未來）時，一名少女冷不防地告訴他「旅館很危險」。

那名少女似乎是獨自離開落成典禮，到外面吹夜風。

他玩味著些許不自然、些許好奇、些許期待、以及從心底湧起的諸多情感，同時跟少女拉開距離，確定炸彈爆炸後，轉身走遠。

翌日，旅館爆炸的鋒頭過後，他從落成典禮的賓客名單中，得知昨天那位少女的身分。

她的名字叫做兩儀式。

她是那一天——而且是第一次——沒有出現在倉密所見結果（未來）的人。

這將是倉密目留科第一次，也是最後一次以金錢以外的目的，化身為炸彈魔。

因為他的身分可能已經被少女發現。

他必須進行風險管理，把少女的嘴巴封住。

在含有人性的情感驅使下，他不得不試試看，自己能否殺死那名少女。

†

「妳被炸彈魔盯上？」

蒼崎橙子的語氣聽來，連半信半疑的程度都不到，根本是完全不相信。

這裡是黃昏時刻的伽藍之堂。兩儀式趁黑桐幹也不在，找橙子商量此事後，立刻為自己的舉動感到後悔。

「說盯上也不太對，比較像被纏上……我還沒跟幹也提起這件事。」

「喔～我看，對方八成是看上妳了。雖然妳的個性很古怪，想不到還是很受歡迎嘛。」

「一點也不好笑。妳看這個，今天早上我去信箱拿報紙的時候，發現他還把聯絡用的手機丟進來。」

旅館爆炸事件至今已經三天，兩儀式天天受到炸彈魔的騷擾。

第一次是在夜晚的施工現場，類似閃光彈的炸彈。

第二次是在 Ahnenerbe 咖啡店附近，類似地雷的燒夷彈。

第三次是她隨意晃去廢棄大樓時，碰到要讓大樓倒塌的定時炸彈。

不幸中的大幸是，三起爆炸皆發生在沒有人煙的場所，很明顯僅以兩儀式為目標。儘管這樣一來缺少目擊者，好在也沒有其他人犧牲。

成為獵物的兩儀式，在三次爆炸中都毫髮無傷地生還。

「……辛辛苦苦地裝設炸彈，妳卻每次都活得好好的，他應該也快沉不住氣了吧。對了，他打過那支電話沒？」

「一次也還沒打。這不重要，我告訴妳，那傢伙真的很可疑。」

「可疑？怎麼說？」

「他的預測實在太準確。第三次爆炸的地點，是我臨時想到才前往的廢墟。我繞進二樓房間，看到正中央有一個不怎麼起眼的鬧鐘，上面的秒針走到十二的瞬間，就爆炸了。」

對方做到這個地步，很明顯不是什麼偶然，肯定是必然。

蒼崎橙子聽到這裡，立刻對炸彈魔產生興趣。兩儀式接著斷斷續續地說出，她從那三起爆炸對炸彈魔拼湊出的印象。

根據她的說法，這個炸彈魔跟活著的屍體沒什麼兩樣。

這個印象的動物屬性太強，外人很難對此感想產生共鳴。蒼崎橙子同樣不懂她想表達什麼。

她唯一能夠跟上話題的，是「預測實在太準確」這一點。

「我也聽說過那個炸彈魔。印象中就是那個時候，我開始認為他可能是典型的『未來視能力者』。」

她的雙手閒著發慌，伸進桌子裡摸索。

「所長，我回來了——您要的是 PEACE 牌沒有錯吧？」

好巧不巧，唯一的員工挑這個時候回來。

蒼崎橙子的眼睛一亮，高興地接過香菸。兩儀式見了，明白她接下來又要開始長篇大論，不禁嘆一口氣。

†

次日，八月三日——

兩儀式跟黑桐幹也分開行動，尋找傳聞中在這一帶出沒的占卜師。

這個計畫是由所長蒼崎橙子提出。

據她所說，觀布子之母很可能擁有類似未來視的能力，甚至可能就是那個炸彈魔。

『雖然十之八九是沒有關連。先不說黑桐，妳找到她的話，便不要錯過這個機會。親眼觀察對方之後，未來視能力者究竟是什麼樣的人，妳便能掌握到感覺。』

如同蒼崎橙子所料，兩儀式不費多少功夫，便找到街頭占卜師。

現在還是大白天，對方便在大樓之間，僅供一人通行的窄巷設攤。

觀布子之母的外表，跟大家對占卜師的印象相同。她面覆黑色紗布，裝模作樣地帶一顆水晶球，體態豐腴，貌似年過五十歲。

「炸彈魔?別開玩笑了。我主要是看戀愛運勢跟未來的夢想，客群在年輕人，對妳這種殺人魔沒有什麼好說的。」

她對兩儀式不甚友善，但是說也奇怪，兩儀式並不會為此討厭她。

大約交談兩分鐘後，式轉身要離去。

「多謝妳的幫助，我得到不少資訊。雖然不知道妳是不是真的能看見未來，至少我大概明白那種人是怎麼思考了。」

「……妳真是越來越臭屁。自以為對我有多瞭解？如果妳想吵架，我願意奉陪喔。要不要現在就告訴妳，妳苦苦單戀的那個人有什麼五四三啊？」

占卜師鬆弛的臉頰，泛起令人不快的笑意。

「───」

式的臉蒙上一層壓抑不住的殺意。然而，她甚至連占卜師死亡的未來都不看。

「哎呀，想不到妳人挺好的嘛。這次算是我看走眼。雖然剛才對妳不太友善，現在要不要讓我為妳好好地占卜一下？」

「……不了，現在不需要。我先走啦，老太婆，妳可要長命百歲啊。這一帶到了晚上很危險，老人家最好不要遊盪。」

「哎呀呀，這句話真帥氣，很有男子氣概喔，我搞不好會迷上妳。我們是不是曾經見過面？不趕時間的話，我可以免費幫妳占卜。」

「少來。想搭訕的話，就別做什麼占卜師。」

式揮揮手，離開窄巷。

「這樣嗎，真可惜。對了，橋那裡是鬼門很危險喔，最好多注意一點……不過，對妳來說應該也沒這麼容易就死掉。」

專門教人避開不幸未來的占卜師，用開玩笑的口吻，對這位和服少女預言。

←

兩儀式向占卜師道別，重新進入喧囂的市區。這時，她的懷中響起從未聽過的來電聲。

她不停下腳步，直接拿出炸彈魔給的手機，按下通話鍵。

『早上好，兩儀小姐。這是我們第一次通話吧。』

來電者使用變聲器，所以聽不出年齡和性別。

「是嗎?其實你早就在我的附近，看著我不知多少次了吧。」

『怎麼可能。我只要設下炸彈即可，根本沒有出現在妳面前的必要。現在我也是待在離妳很遠的公寓跟妳說話。』

「不但好事，還說謊啊……算了，你找我有什麼事?想跟人聊天的話，去找一個更會聽話的人。我跟你沒有什麼好說的。」

『不過，現在可是有人想取妳的性命喔……怪女人一個。難道妳不會想問我裝那些炸彈的原因？』

「啊？如果我問了，你有可能老實回答嗎？幹那種事不就是要保持神祕，勸你還是乖乖閉上嘴巴。我對你沒有半點興趣，幹嘛要跟一個活死人浪費時間。再繼續沒完沒了的話，我只好把你這隻煩人的蟲子消滅掉。」

『…………口氣真大呢。我倒是沒預見妳會這麼回答。』

聽筒中的聲音雖然微弱，但又帶著喜悅。

炸彈魔正在做的，是堆砌「現實」。

兩儀式將在兩分鐘後死亡——

——同時，他也用右眼看著這個「結果（未來）」。

不久之後，兩儀式將走上橋面，屆時，橋上一輛卡車上的炸彈將爆炸，衝擊波將吞噬兩儀式。炸彈魔正坐在特等席，迫不及待地等著自己看見的未來成真。

『妳該不會覺得自己不會死，以為未來站在妳那一邊？』

「天曉得。不到那個時候，哪有可能知道。不過，至少現在的我是活著的。」

『妳會死掉，一定會死。妳會死於接下來的這場爆炸，由不得妳改變。其實我啊，看得見所有未來。我所看見的未來，絕對不可能出現變化。』

「——喔？原來你的未來視能力，是那個種類。」

『……？』

不知道是否為錯覺，兩儀式的語調添了一層色彩。

她的話中隱藏一絲歡喜。不是喜悅，而是愉悅；不是歡樂，而是快樂——那聲音聽來冰冷，又很有精神，如同野獸舔著嘴唇，發現可口的獵物。

『……好吧，妳不相信也是很正常的。你們不可能瞭解我看到的景象。我看見的未來都是絕對，千真萬確，跟算式一樣。只要數字（現在）確定下來，答案便不可能改變。』

所謂的現實，即為數值尚未確定的算式。

算式的數值會不斷變動，不用說是求出答案，人們連要求出什麼都不知道。

然而——一旦這個數值確定下來，答案便再也不會改變。

這就是炸彈魔，倉密目留科看見的未來。

他為了實現自己看見的「成功未來」，在算式填入名為「現實」的數值。

這不是出自他的自由意志。

摻雜個人的興趣喜好、喜怒哀樂、一切樂觀的預測，都沒有任何意義。

……沒錯。只要看見正確答案，他便沒有採取其他錯誤行動的可能。

即使採取的行動（現在）不會帶來任何快樂，他也無法違背自己看見的「成功未來」。

他因為看見未來，使自己的過去（現在）受到制約。

他像一個奴隸，只為了讓未來成真，不斷在現在和未來之間來回。

這即為倉密目留科的未來視能力。

「……無法改變的未來，是吧。雖然我沒有資格說別人，但你那樣快樂嗎？」

『這個嘛……這將近六年的時間，我根本沒有自己的意志，只像是被看見的未來束縛的機器。左眼中的自己，是不是真正的自己？或者右眼中的自己，才是真正的自己？還是說，我不過是徘徊在左右眼之間的亡靈？老實說，我自己也不清楚。』

兩儀式走上橋面。

事先裝設好炸藥的卡車，就停在她前方三公尺處。

兩旁沒有車輛通過，橋的另一端雖然有人，不過在那個距離下，即使受到波及，大不了也只是左手臂被灼傷。

「——你一直找我麻煩，是覺得很好玩嗎？」

『……我才沒有那種閒時間。光是被妳看見真面貌，我便有十足的理由殺掉妳。我會繼續裝成跟妳毫不相識的人，把妳滅口。』

「真不會說謊。你其實在附近沒錯吧。」

聽到這句話，炸彈魔的喉嚨突然哽住。

放在遙控裝置上，準備點燃引信的手指也微微顫抖。

『我不是說過不在？』

「明明就在。你不是要把數值填入算式，才能看見未來？所以，要是你沒有看著現在的我，便不可能看見未來。」

炸彈魔的能力，跟「純粹預測未來」的未來視，決定性差異即在於此。

「不是當事者，便無法創造未來。

不論直接或間接，你都必須待在現場——這正是你看見未來的條件。」

『——』

既然炸彈魔是透過測定現實要素決定未來，即使已經看到結果，他也必須親眼見到「那一瞬間」。因為使看見的未來成立之絕對條件，是他本人要「親眼看見」那個景象。

所以，他先前的三次爆破計畫皆以失敗作收。

從第一次，第二次，到第三次，他都只看到自己「引誘兩儀式前往埋設炸彈處」的未來，沒有見到她被炸死的畫面。他一直以為，只要布置好理應能夠把人炸死的陷阱，即可高枕無憂。

結果，兩儀式存活了下來。

只要炸彈魔沒有看見她變成屍體的未來(景象)，少女便會好端端地活下去——

「因此，這次你特別好好地待在附近。要是看不到我的屍體，你眼中的未來就不會成立。」

這時，兩儀式來到卡車的貨臺旁。

炸彈魔啟動爆破裝置。

不到一秒鐘，燒夷彈發生氧化，捲起強烈的熱風。

巨大的聲響撼動四周，爆炸威力跟濃煙倒是只有數十分之一的規模。

兩儀式被衝擊波吞噬。

到此為止的發展，都跟炸彈魔看見的未來相同。他的未來視能力一向不會落空。

然而——他沒有直接看見少女被炸得血肉模糊，全身焦黑的「未來」。

「那個女的是怎麼回事——」

與爆炸現場相隔五百公尺的大樓屋頂，可以俯瞰橋面的地方，正是炸彈魔的藏身處。
他的左邊（現實）眼睛確實看見這一幕——
衝擊波中的少女倏地躍下橋面，落入河川。
緊接著，附近出現圍觀群眾，警笛聲也開始大作。
少女則彷彿什麼也沒發生，好端端地游到河邊，爬上岸。

——這一瞬間，少女跟他確實對上視線。

少女走上河岸，那個樣子猶如在說「終於找到你了」。
她的嘴角泛起扭曲的笑意，彷彿要告訴炸彈魔：接下來，我會好好地、慢慢地逮到你這個獵物，把你殺掉。
炸彈魔感到一陣膽寒，勉強揮別麻痺的思緒，離開大樓屋頂。
這個結果也在他的預想範圍內。
為了沒預見少女「屍體」的情況，他已經準備好下一個結果（未來）。
「——終於等到了。多虧她沒有死在這一場爆炸，這樣一來，我總算——」

躲避追殺的恐懼，被他確定自己會成功的念頭給掩蓋。

從現在開始計算，十五分鐘後的立體停車場——

他清清楚楚地看見，兩儀式變成支離破碎的屍體之未來。

炸彈魔的未來視能力是絕對的。

縱使世界這麼偶然地即將毀滅，少女照樣會在十五分鐘後才死亡。

倉密目留科看見的未來，並不是憑機率猜測，而是與現實結合，所發生的必然。

此乃世界的法則，任何人都不可能違背他的預測。

1

以上是一切的開端，同時也差不多是結束。

這就是我，瀨尾靜音，與黑桐幹也先生命運般的邂逅。喔，我戀愛了～

↓

姑且把少女情懷擱在一邊。

「也是啦，畢竟妳碰到了那種事情。」

戴著黑框眼鏡的大哥，對我露出為難的笑容。

本來以為他是見我在大庭廣眾下哭泣，不知道該怎麼辦……聽到這一句話，我可以百分之百確定，他是真的為我著想。

他的聲音在訴說：自己怎麼樣都無所謂，眼前這名少女才真的令人擔心。跟看見的影像比起來，聽到的聲音更讓深信前世因緣的我一陣暈眩。

「願意的話，要不要去那間咖啡店休息一下？妳應該也累了吧。」

他指向一間掛著德文招牌，外觀像是石砌要塞的咖啡店。嗯——招牌上的字是Ahnenerbe。雖然散發出的氣氛不怎麼友善，總比站在這裡說話好。

「好，好的。謝謝您！」

我克制住顧不得形象，拚命奔流出來的情感（淚水），對他點頭。

這一瞬間，名為戒心的蛇伸起長長的脖子，稍微思考一會兒，又慵懶地蜷回一團，繼續睡牠的大頭覺。

這位大哥百分之百是在搭訕，但是看他人畜無害的模樣，應該沒有打什麼壞主意才是。倒不如說，要是這個世界淪落到他真的在打什麼主意，我也覺得怎麼樣都無所謂了。

不是我在說，自己明明膽小的要命，到了重要關頭，態度卻會突然來個大轉變。這種個性真的得好好改一改。

「如，如果您不介意，我，我也有一些話想跟您說……反，反正啊，距離下一班電車，還有一個小時以上！」

儘管眼睛的水龍頭已經扭緊，我的一顆心仍然往不該飄的方向飄去。

大哥看我紅著臉頰，一副慌亂的樣子，再度露出為難的笑容。

「那麼，就讓我請客，作為剛才的獎勵——對喔，我都還沒有說自己是誰。」

接著，大哥簡單地做了晚好幾步的自我介紹。

他的名字是黑桐幹也。聽到這幾個字的瞬間——

『——接下來的一年便多多指教囉，瀨尾小姐。』

未曾見過的記憶，未曾聽過的臺詞，好像消失在一陣暈眩中。

◇

Ahnenerbe 咖啡店裝潢得古色古香，微暗的光線讓人感到放鬆。店內沒有開燈，只靠室外的陽光照亮，像極了教會的禮拜堂。

「……總覺得，客人不是很多。」

「是啊，明明快要中午了。」

黑桐大哥沒來由地苦笑，好像這家店就是由自己經營。

太厲害了。他人畜無害的程度已經接近犯罪。

「畢竟外觀那個樣子，客人乍看之下，可能不太想進來吧。這裡的咖啡跟蛋糕都很棒，真是太可惜了……啊，我懂了。妳比較喜歡明亮一點的店對吧？」

「太——」

他剛剛是不是非常順口地說了什麼！

「不，不是，沒有那種事！我已經很習慣這種氣氛，這裡反而能讓我的心情平靜！」

「太好了。那麼，我們挑靠窗的位置吧。」

在他禮貌的邀請下，我坐到靠窗的位子，黑桐大哥坐在我的對面。

不用說，我們隔著餐桌對望彼此。

「……嘿，嘿嘿。」

我露出前所未有的笨拙傻笑，掩飾自己的害羞。

「？」

我倏地收起笑容，繃緊表情。過慣安穩生活，鬆懈下來的大腦應該已被拋到後方。我甩甩頭，調整心情。

我不是因為疲累，才乖乖地跟黑桐大哥來到這裡。我是有話想問這位陌生男子，才鼓起勇氣，做出這種違反校規——

「來，這是菜單。這裡的咖啡特別燙，要點的話，記得小心一點。今天的每日餐點是……咦，跟昨天一樣啊，真可惜。如果是藍莓口味，我一定會二話不說地推薦給妳。」

——的，事……

看到這位青年失望地「呿」了一聲，我的面部神經再度鬆懈下來。

「啊～～不行，不可以不可以不可以！」

「？」

所以說，我不是那個意思！

直到十分鐘前，我才剛認識這個陌生人。

我本來打算跟他道謝，便速速離去。後來之所以提起勇氣對他說話，絕對不是出於孩子氣的膚淺。雖然不太容易描述，但我從這位名叫做黑桐幹也的人身上，感受到跟自己有一種奇妙的連結。

那不是我熟悉的「日常景物」，更接近被我遺落在童年時代，用雙手摸索、確認事物實體的一般人直覺。

黑桐大哥點了咖啡，我則點了冰可可。

在服務生送來飲料前，兩人陷入一陣尷尬的靜默。於是，我關閉自己內心的情感。

這種操作感，如同五分鐘後的自己看著現在（過去）的自己，以免受待會兒可能聽到的任何回答傷害。

充滿柔和感的棕色飲料送上桌時，我早已完全不是剛才的我，兩個我彼此切斷關係。

這兩個人明明都是我自己，在時間（絲線）上卻沒有任何聯繫。

「關於剛才的事情，為什麼黑桐大哥那麼信任我說的話？」

我不碰自己的冰可可，筆直地看著他，劈頭這麼問道。

對他來說，這種事情跟自己無關，一點也不重要。

然而，對我來說，卻是攸關人生的大問題。如果他只是笑笑地帶過，我可是會大失所望，接下來整整消沉一個星期。只不過，我還是得跟他說一聲謝謝再道別。

「這個問題不好回答呢……嗯，我說因為看妳很努力的話，妳可不可以接受？」

「這是說我很可憐的意思嗎？」

我故意如此反問。

如果他的理由是如此，便不可能去追那位大叔。他是因為信任我，才代替我追上去的……儘管心裡很清楚這一點，我還是想測試看看。

黑桐大哥沉吟半晌，回答：

「那應該也是因素之一。剛開始時，我以為妳被那個人威脅。不過，那充其量是我自己的問題。我在那個時間點唯一感受到的，是妳沒有需要說謊的理由。何況，妳騙那個人也不會得到什麼好處。照這樣推論，自然會得出妳是真的擔心那個人的結果。不論後來是否真的發生意外，我都很難置之不理。」

再說，當下的我也想起一些過往——他最後苦笑道。

「您認為我沒有說謊，所以相信我嗎？可是我說自己的直覺很準，不覺得很像在說謊……」

「就算很像在說謊，妳當時的神情相當認真。這已經足夠我相信妳的初步內容……而且啊，最近我也開始習慣這類內容了。」

黑桐大哥相信的不是說話內容，而是說話者的內心。

……夠了，這樣非常足夠了。我，瀨尾靜音，大大吸一口氣，帶著自己也難以置信的沉著，對眼前的這個人吐露長期困擾我的煩惱。

◇

「其實，我看得見未來。」

黑桐大哥聽見我沒來由地說出這種話，驚訝地睜大雙眼，直接啜了一口尚未調味的黑咖啡。

「這，這種事情果然很奇怪對吧～」

正確說來，是我這個人果然很奇怪對吧～

「——不。我是因為個人因素才覺得驚訝，妳不用放在心上。回歸正題，妳說自己看得見未來，是什麼意思？真的能看到未來的畫面嗎？」

黑桐大哥的反應讓我有些訝異。他把身體往前傾，認真地要我繼續說。

「對，沒錯。可以說是畫面，也可以說是眼前的景物完全切換，然後會有一陣暈眩的感覺。」

「現在也會？」

「現在沒有。這個現象不會隨時發生，大部分是在沒有預兆的情況下，眼前突然『啪——』地亮起來，下一秒，看到的景物便完全不一樣——」

……用話語描述「未來的景物」真是一件難事。

一陣暈眩之後，我眨眨眼睛，便會從客觀的角度看見「接下來發生的事」。可是，我卻覺得自己在「看著後面」。

那種感覺不是很舒服，如同出現在後照鏡中的自己，看著同樣在後照鏡中的景物。

「……那段時間過得頗為緩慢。不過，最近我開始在想，既然實際上只是兩秒左右的暈眩，時間有沒有可能還往後退……」

觀測者（我）看見未來時的時間，是否才是真的全都同時進行？

先前看見那名大叔遇到不幸的畫面，時間長達將近十分鐘，我也是在一眨眼之間，就理解所有事發經過。

「那是什麼時候開始的？」

我傾注全部的腦力，要把事情說明清楚。黑桐大哥則始終冷靜地聆聽。

「……升上國中後，我才意識到自己看見的，是未來的景象。過去還是小孩子時，我根本不曉得自己看到什麼，畫面好像也沒有現在清晰。」

「太好了，真是不幸中的大幸……不對，這樣說對妳很失禮。小孩子也有小孩子的痛苦，雖然我只能用想像的，但妳肯定吃過不少苦頭吧。能夠忍耐到現在，真的很不簡單。」

「——」

……討厭啦，我好像又開始慌亂，快要哭出來了。這樣子很難堪耶……我現在的心情既悲傷又難過，還覺得好高興好高興，同時好難受。

自從兩年前的冬天後，我再度體會到這種難受。

小時候，我有一隻名叫克里斯的柴犬當玩伴。當我看見牠臨終的未來時，也是這樣的心情。

那個時候的冰寒，直到現在仍刻劃在我的心上。

克里斯一直等待著我，直到我回到家門。

隔天早上，牠已經不在小屋中，在走廊下的空間靜靜地斷了氣，彷彿只是睡著似的。

我眼睜睜看著畫面，卻無法改變未來。不論我帶牠去醫院，還是整晚陪在牠身邊，都撼動不了牠即將死亡的答案。我流著眼淚，意識到自己僅能守候著克里斯，讓牠迎向自己期望的最後一刻。

那一天，我哭了整個晚上。我為克里斯的死感到傷心，也為牠願意等我回來感到高興。第二天早晨，我看見克里斯的現狀，再次哭了出來。

我必須比別人多經歷一次悲傷的心情。

眼前的這個人，不用等到我說出口，便明白這一點。

「——請，請問！」

一股難以抗拒的熱切，或者說是衝動湧上心頭，促使我出聲詢問。隔著還沒喝過半口的冰可可，敵人就在另一邊！

「嗯？」黑桐大哥抬起頭。

「這，這沒有什麼特別的意思！那個……從現在開始，我可不可以叫您幹也大哥？」

我緊張得聲音生澀起來，心臟跟舌頭也變得如同老舊的懷錶。

「可以啊。」幹也大哥一口答應。

太好啦——我心中的齒輪頓時加速轉動。

2

「我知道初次見面就談這種事情很失禮……不過，您願不願意聽我說？」

眼前的少女神情緊張，希望我好好聽她說明。

她先前哭得稀里嘩啦，而且又是由我主動提議來咖啡店休息，所以我二話不說地答應。

「妳不嫌棄的話。雖然我不知能不能幫上忙。」

從以前開始，我便拿快被無形重擔壓得喘不過氣的女生沒轍。

「請您不要笑喔……老實說，我看得見未來。」

儘管我事先做了心理準備，實際聽到這句話的當下，還是免不了驚訝一下。

她勉強從喉嚨擠出聲音，對我坦白的模樣顯得嬌弱。也因為如此，更能看出她下了多大的決心。這位名叫靜音的少女一邊說，一邊不忘偷偷打量我。

我們才初次見面，她便把「未來視」如此不可思議的事，告訴我這個比自己年長許多的異性。

她會那麼不知所措，也是理所當然。

「這，這沒有什麼特別的意思！那個……從現在開始，我可不可以叫您幹也大哥！」

她這麼問我時，整張臉紅得像熟透的番茄，想必也是出於極度的緊張。

「嗯，用妳覺得方便的叫法就好。對了，關於妳的未來視能力……大概可以看到多久以後的未來？」

「是，是的！我想想看，景象的話，大概是三天後。然後，偶爾會有比較像畫面的東西快速流過來，那種畫面會到一個月，甚至是一年後。」

「看見的未來也有分階段……那麼，哪一種比較常看到？」

「……三天後的景象，每天都要看到一、兩次。剛才那個大叔就屬於這一種。至於片斷的畫面，真的很少很少出現。」

「……」

每天都要看到——靜音如此低喃。我從她無力的話語，以及目前聽的對話內容，開始分析她抱持的煩惱。

盤據在她心頭的，是一種類似罪惡感的疏離感。

今天發生的那種事態，她早已遇過不知多少遍。因此，她畏懼踏入別人的空間。

我想，她可能一直很自責，認為在還談不上信任或不信任的階段，便看見對方的未來，跟「偷窺」那個人的人生沒有什麼兩樣。

先撇開優缺點不談，「看得見未來」本身是眾人所沒有的特殊才能。

然而，靜音不認為這是她的優勢，反而因為自己跟其他人不同，而產生自卑感。

「……感覺很複雜呢。我沒有那種能力，所以不是很瞭解。不過，看得見未來的話，應該也有好事吧？」

「雖然這不能算好事……從考試題目到學姐來找人，我事前都會知道，在學校裡也是資優生，直到不久之前，都還是全年級第一名……我的腦筋明明不怎麼好，這樣一定很奇怪，對不對？」

如果，她的朋友很認真地念書呢？

她的這段話，有如對那些好好用功，一點一滴努力的朋友道歉。

她把看見未來當成作弊行為，為老是作弊感到自責。

「……原來如此。這算是空有一身才能嗎。」

「沒錯。讓我擁有這種才能，實在太浪費了。」

她無力地頷首。

……然而，這個煩惱的根源，其實還在更深處。儘管靜音沒有說出口，她悶悶不樂的原因，應該在於認清未來早已有所定局。

假設這個世界是一幅很長的繪卷，要是只有自己先看到前方，之後便很難再保有積極性。

其原因不是預先看見未來，而變得達觀。

真正的原因，是終極的疏離感──是否只有自己位於繪卷外側的擔憂，更是可怕上不知多少倍。

「我問一個問題。妳害怕看見未來嗎？」

「……我不知道。對我來說，看見未來本身已經變得稀鬆平常，不特別是什麼好事或壞事。只不過……我很害怕自己哪一天看見絕望的未來。」

舉例來說，看見自己之死。

或者，看見身邊無可取代的熟人之死。

若是這種「無法扭轉」的未來，的確會希望只要經歷一次。

「不過，妳還沒看過那種未來吧？」

「嗯……沒，沒錯。看見家裡的狗死亡那一次，其實先前便多少有些預感……而且，牠是自然而然地死去。可是，像今天的這種意外就很可怕。看見認識的人死亡的未來，有種自己被丟下的感覺……所以，我才總是過得提心吊膽，心情始終舒暢不起來。但是，那些事終究跟我無關，我又缺乏自信心，一點也靠不住——啊哈哈，好像越說越混亂了。明明很可怕，卻不怎麼害怕，連我自己都搞不懂……到底是為什麼呢？大概是平常老是處在那種恐懼下，久而久之便習慣了吧。」

言語難以明確傳達之重，使靜音洩氣地垂下肩膀。

「那不是恐懼，而是單純的——」

「……單純的什麼？」

靜音好奇地抬起頭。

——還是作罷吧。

我實在不忍心在此時告訴她結論。再說，即使我說出口，也解決不了任何問題。

這個少女費盡多大的勇氣，才對我說出自己的煩惱。因此，我也應該在能力範圍內，盡量幫上她的忙。

「沒事，這個留到最後再說。先繼續妳看得見未來的話題吧。」
她已經解釋過「未來視」是怎麼回事，自己又能看見多久後的未來。
剩下的問題是發生條件。我沒辦法合理解釋這個現象，相關內容也早已聽聞。
「以先前遇到的大叔來說，妳跟他是第一次見面沒錯吧。觀布子這個地方，妳也是第一次來嗎？」
「不，我經常來這裡，因為這裡離學校比較近。」
「那麼，妳今天是不是搭電車來？」
「不，我是搭從蝶野臺出發的公車，十一點左右到達這裡，便馬上感到一陣暈眩。」
「……從蝶野臺出發的公車，跟我同方向……還有，妳是怎麼跟那個大叔說上話的？」
「我是先看見他的未來，才去跟他說話。在那之前……咦，之前是怎麼樣……好像在公車站跟他擦身而過……嗯？可是──」
「妳一踏上公車站，馬上感到暈眩對吧。那位大叔會不會跟妳搭同一輛車，然後在妳前面下車？」
「啊，的確是這樣沒錯！」
「原來如此。用橙子小姐的話來說，事情都說得通了。」

「什麼？」

我暫且不理會靜音的滿頭問號，逕自從錢包取出一張名片，翻到背面寫上一行字。

「？？」

靜音對我的舉動越來越納悶。我寫完後，把名片翻回正面置於桌上，以免讓她看到內容。

——好，再來只剩最後一個問題。但願能夠像橙子小姐那樣順利。

「雖然占用了妳不少時間，這是最後一個問題。

妳是否害怕自己看得見未來？

或者說，妳其實是害怕無法扭轉的未來？」

靜音聽了，睜大雙眼。

她猶豫半晌，雙手捧起冰可可。

「……兩種都害怕。不過，真要說的話，應該是第二個。」

她噘著嘴巴，回答得不是很有把握。

「嗯，那我就放心了。作為聽妳傾訴煩惱的長輩，我可以斷言：妳的不安完完全全是多餘的。妳應該更加抬頭挺胸。我還會建議妳，更積極大膽地去看妳看見的未來。」

「嗯啊?不不不，我才不要!幹也大哥，您真的有好好聽我說嗎～～」

「當然有。就我聽到的內容，妳的未來視能力絕非壞事。這個世界是很寬廣的，搞不好另外有一個同樣看得見未來的傢伙，心裡卻老是不懷好意。不過，妳的能力並不屬於那一種。」

「什麼意思?」

才能本身沒有善惡之分。像我這樣的人，也懂得區分人類（自己）會用才能行善還是作惡。

「看見未來的能力，分成幾個種類。」

雖然我也只是現學現賣——」

我開始解說昨天剛聽來的知識。

†

薪水發不出來——這可是驚天動地的大事。「員工應該自己想辦法籌錢」——所長這句頗有問題的話言猶在耳，好在正式進入八月前一刻便自動失效。七月底，兼營建築設計業的敝公司——伽藍之堂——終於盼到天降甘霖。

這筆金錢是由一棟高級旅館匯入。這棟旅館不在觀布子，遠在兩個縣之外的某個城市。

「對喔，差點忘了在搬過來之前，曾經接過這個案子。」

蒼崎橙子所長為天上掉下來的金錢心情大好；公司唯一的員工，黑崎幹也則為老闆豪爽到完全忘記要收錢頭痛不已。

蒼崎橙子在高興之下，興致一來，決定帶著底下的員工、底下員工的友人A，參加自己平時避之惟恐不及的落成典禮，接著在會場遇到一點小插曲，最後回到事務所。

幾天後，蒼崎橙子與員工的友人A聊到那件事的後續。

「聽說現場留有犯人的犯罪預告，從爆炸時間、爆炸規模，到受傷人數、受傷情形，都記錄得跟實情完全吻合。雖然警方認為那是犯罪預告，我實在不這麼想。那張紙的記載內容很簡潔，我怎麼看都覺得比較像報告書。」

「報告書嗎？所以犯人不是跟旅館有仇，也不是要當義賊引發騷動，純粹是要完成一件工作？」

「跟炸彈魔提出委託的人，或許有什麼更貼近人性的想法。不管是哪個業界，市場競爭都一樣激烈。直接攻擊對手未免太性急，若是騷擾對方的程度，應該就滿有效果的——不過，這個部分跟炸彈魔沒有關係。現在的問題在於，這個犯罪一向乾淨俐落的承包商（炸彈魔），莫名其妙地開始纏上我們。式，那個晚上妳跑去哪裡？」

「沒有去哪裡，只是在裡面待不住，所以到外面去。倒是那份犯罪聲明，真的有預測到未來？」

一次又一次的爆炸預告，一次又一次的如實重現——

炸彈魔逃過警方搜索，突破包圍網的本領，早已超越一個人所能辦到的範圍。

如果不是奇蹟，還真的沒有其他理由，可以解釋他是怎麼甩掉警察組織。

用有違常理的方法解釋，他不是透明人的話，便是千面人。

若要勉強用常理解釋——

「他擁有預知能力，可以事先知道未來發生的事，亦即『未來視』的能力。」

在一般認知方面享有特權的魔術師（蒼崎橙子）不快地說道。

←

「所長，那種預知能力真的存在？」

「沒錯。預知能力又分成許多類別，籠統稱為『未來視』。基本上，這種特異能力只能『看見』未來，不可能像外面亂傳的那樣跟未來交流，或是就此進入平行世界。炸彈魔可能先天擁有這種超能力，跟魔術裡說的預知、神諭完全不同。

單純靠人類能力看見未來者，屬於預測和測定類別。其中又以『未來預測』的人占多數。如果程度比較高，還可以用畫面的形式，將預測內容在腦中重現。」

「……請等一下。真的是這樣的話，連警察也很難抓到犯人吧。」

「警察怎麼會很難抓到犯人？他們把包圍網擴大即可。不管看見未來的能力再怎麼強，一個人還是有其限度。只要犯人沒有辦法飛上天空，他便無法逃離這個社會。

不過啊，警察對外界透露太多消息，對那些能力者來說，想必是很容易應付的對象。看看目前應變中心總部的規模，他們八成只會繼續被炸彈魔擺弄。想逮到未來視能力者，僅能用大量人力打長期戰，或寄望於犯人偶然碰上倒楣事。」

「偶然碰上倒楣事……像是交通意外？」

「你說對了。對能力者而言，儘管汽車、電車這些車輛稱不上突發狀況，總而言之，必須是他們平常不會考慮到的霉運。

——還有類似自然災害的情況，例如被哪個人盯上，也算是預料之外（非常倒楣）。他們並不是什麼未來都能看見，預料不到的東西，也是看不到的。」

「……不是什麼未來都能看見？可是，他們不就是看得見未來？」

「所以啊，那說到底不過是一種預測。假設有兩個人A與B，A是兩天後會被殺害的被害者，B是殺死A的加害者。未來視能力者只要親眼見到這兩個人，便會看見結果。即使他對兩人的身分、名字、殺人動機等等一概不知也一樣。」

「什麼啊，既然是在不清楚理由的情況下知道，就不算是看見未來，頂多是直覺罷了。」

員工的友人A彷彿在說「這種事我也辦得到」。蒼崎橙子聽了，毫不客氣地笑道：

「式，不要把他跟妳混為一談。妳是純粹靠聽跟想像拼湊出結果的第六感，看見未來則需要明確的物證。

妳要明白，人類建立出各式各樣的文化、知識體系，攀上靈長類動物的頂端。不僅是身體機能，腦袋運作的方式也大幅進化。可是，進化的意義在於演變為契合環境的形態，在這個過程中，用不到的機能、對生存造成負擔的機能將逐漸被捨棄。如果出現成本比較低廉，又能發揮相同作用的機能，即使原本的機能更加優秀，照樣會被取代掉。生命就是如此。說穿了，未來視能力不過是人類曾經擁有，後來以安全為由消失的機能之一。

若說得簡單一些，他們屬於『不會忘記』的一群人。人們平時看見的畫面、以及像我們這樣的對話，其實蘊含相當龐大的資訊。他們會在無意識間，將一切資訊收為自己所有。按照常理，那些視覺資訊的量大到腦袋無法負荷，還可能超出能夠處理的上限，他們卻一點也不漏地完全記錄下來。而且不光是話語，還包括聲音、氣味、節奏、乃至於這個房間牆壁上的一塊汙漬——通通都發生在無意識之間。

當千千萬萬的資訊以有機形式混合，從某種特定配置導出必然的結果時，他們便會看見未來的影像。未來預測並非什麼直覺，不過是一種高度的資訊處理能力。那些人其實就是只有部分機能退化的一般人，跟妳那種『我也說不出為什麼，感覺之後一定會變成這樣』的怪人大不相同。」

「……為什麼有那麼厲害的本領，卻會退化？」

「嗯。人類逐步演化成有智慧的生物，為了聰明地做出取捨，人們變得只接收必要資訊。對當今的人類來說，文明社會發展得太複雜，資訊量大到怎麼處理都處理不完。

我們身處的環境，與每個人感受到的世界有所出入，這點不需我再贅言。每個人感受到的世界，都經由自身價值觀重新詮釋過。你們應該曉得，哪些東西需要，哪些東西又不需要，每個人各有不同的答案吧？

巫條大樓那次也是同樣的道理。照理來說，人們對世界的認知，應該是發揮五種感官，將所有訊息串連起來，『統合』成的一個影像。然而，這起不了什麼作用。像這樣處理資訊，毫無意義可言。畢竟現在可是文明社會，視覺之外的感官已經到了可有可無的地步。人類最擅長的正是『適應』，從我們脫離猿人的那一刻起，便一點一滴地失去與自然的連結，五官各自剩下單一用途，除非是跟自己有關連的東西，不然我們不會一一注意。

這麼做是為了節省精神消耗。再怎麼說，能省下勞力當然是最好不過。我們只把興趣放在自己身上，若不是對自己有幫助的資訊，便不會擷取。因為歷經千年以上的歲月，我們終於明白這是讓自己成長更快、更確實的方法。

回到先前被害者A與加害者B的例子。不管從哪一個方向，未來視能力者都會看到『殺與被殺』的未來。儘管他們看不到凶手，但只要有A出現，即可感覺到這樣的結果。這些都是從A的生活習慣，以及他本身沒有發覺的潛意識危機感得到的結果。但要是人們時時刻刻處理這麼多資訊，一定會被龐大的量壓垮。

『未來視』不再為人們需要。用以取代的機器早已問世，而且還不斷日新月異。說不定有朝一日，可以預測無形未來的人工智慧，真的會追趕上人類的能力。」

透過視覺、聽覺得來的資訊——

藉由知覺所產生對未來的展望、預想——

原本所謂的「未來視能力」，是將這些要素統合起來，提升至現實層面。

這種人並不是看見「幾分鐘後的未來」，

而是看見由現實創造出，「發生在幾分鐘後的結果」。

「嗯……可是，炸彈魔不太一樣。這個傢伙『什麼也沒看見』。」

「嗯？在沒有任何前提的情況下看見未來，不能叫做『預測』。那已經是越權行為，根本不是什麼特權。」

「……這個解釋起來很麻煩，總之，不是橙子妳指的那種『看見』。先不管別的，『未來視』分成兩種類別對吧。預測跟測定的具體差異是什麼？」

針對式的提問，魔術師開始解說。

可以實際幫上忙、派上用場的是測定；落在犯罪者手中會很危險的，也是測定。

另一方面——

以人類良知而論，正確的使用方式為預測，適合兩儀式的方式為——

「不過啊，一直在這裡討論假設性的東西，也沒什麼用處。未來視的話題先到此為止——啊，幹也，能幫忙泡一壺茶嗎？講這麼多話，嘴巴開始渴了。」

「好的，我馬上泡……不過，所長，如果遇到未來視能力者，我們要怎麼做？」

「嗯？如果對方屬於預測類型，大可放任不要管他。他們是相對能融入社會的一群人。只要有個第三者好好指引一下，他們自然能拿捏平衡，好好地過日子。」

3

幹也大哥平淡地將「未來視能力」解釋給我聽。堆砌未來者屬於測定，判讀未來者屬於預測。我的能力為預測類型。

這個話題先暫且打住。

「嗯，今天的派也烤得很香。」

奇怪，他是什麼時候點了肉餡派？看他吃得津津有味，我突然有種很不搭調的感覺。

……先前的話題明明那麼嚴肅，現在幹也大哥卻吃得滿臉幸福，還不斷咂嘴。雖然氣氛的確緩和下來沒錯，但又變得像在閒聊，我有點不知該說什麼，同時也覺得不能再悶不吭聲。

「……『只是記憶力比較好』這種說法，聽起來沒什麼真實感。而且，我的腦筋也沒有那麼好。」

「要是妳有那種自覺，才真的很危險。妳的未來視能力一定有畫清界線，不干涉妳的現實生活——這個應該叫做小我吧。除非在很偶然的情況下，滿足某些條件，這個能力才會跟現實連結，變成影像。」

他說得一本正經，嘴裡也不停嚼著肉餡派。

……忍耐到此為止。我實在沒有辦法再保持沉默——

「不好意思，我要一份這個橙香向日葵綜合派！」

——我終於下定決心，跟店員點餐。

幹也大哥笑咪咪地看著這裡。

不一會兒，我點的派送上桌。話說回來，向日葵可以吃嗎?我在心中把玩這個念頭，滿懷期待地拿起叉子。

幹也大哥輕輕點一下頭。

「剛才說了那麼多東西，其實也都是我跟別人聽來的，妳聽過後便忘掉無妨。我能夠告訴妳的，只有一件事。」

「請……請問是什麼?」

我正要舉起叉子時，聽到這句話，忽然有些緊張。

「——妳並沒有自己想的那麼特殊。妳不需要一直為自己看得見未來耿耿於懷。」

結果，他只是老套地為我打氣。這種話我一點也不想聽。

我最不願意聽到的話，像一盆冷水潑過來，使我的體溫急遽下降。

「……您沒有看過未來，才會說出那種話。

看不見未來的人，怎麼可能瞭解——」

——怎麼可能瞭解我的心情?

我費了好一番力氣，才把這麼差勁的話吞回去。

「事實上，我也能稍微看見未來。」

他不顧我的心情，還不負責任地這麼說。

……有種被深深背叛的感覺。這個人先對我說那麼多好聽的話，最後再把我推進深淵。他搞不好是惡魔的化身。而且還穿得一身黑。

「請不要隨便說這種話。如果只要出一張嘴巴，任誰都——耶？」

這時，幹也大哥掀開先前蓋在桌上的名片。我看到上面的文字，嚇了一跳，懷疑起自己的眼睛——潦草的字跡寫著「靜音會點一份橙香派」。

「怎麼樣，很厲害吧？」

「…………是，是很厲害沒錯。」

我不悅地鼓起臉頰。難道自己真的那麼像小孩，他才覺得這種騙小孩的把戲唬得了我？

「請不要尋我開心，這只是碰巧猜到而已。只要思考一下，大家都猜得出接下來的事。我現在說的，可是會變成現實，無論如何都不可能扭轉的未來。」

「若要說百分之百會成真的未來，之前那位大叔不就破功了？妳看見的未來，跟實際發生的結果很明顯不同。」

「——」

我發出「啊」的一聲，僵住不動。

原本激動得發熱的腦袋，彷彿被淋上一整桶冷水。

「對喔……他得救了，沒錯吧？」

「當然，這都是妳的功勞。妳搭公車時，在視線一角看見施工路段，接著又仔細觀察同一輛公車上的大叔。當他下公車，往施工的方向走去時，所有要素便契合起來了吧。我在名片背面預測的東西，完全不能跟這件事相比，但行為本身的道理，其實是相同的。妳只是自然而然地想著未來……嗯，雖然長遠性跟別人不太一樣，這並沒有什麼好內疚。妳自己不是也說，『只要思考一下，大家都猜得出接下來的事』？」

幹也大哥的一席話，不費吹灰之力便滲進我的心坎。這段話明明很普通，沒有什麼特別之處——

『——這並沒有什麼好內疚。』

這幾個字卻洗淨我心中的汙泥。

「……那個，真的是自然而然，沒有錯吧？」

「沒錯。所有活著的人，都會看見未來。有些人看見五分鐘後的自己，有些人看見一天後的自己，還有些人看見一週後，甚至一年後的自己。這不像妳所說的未來視能力那麼明確，而是一種更難以捉摸，『希望變成這樣』的預想罷了。在這個世界上，沒有哪個人不會從現在的自己想像未來。」

幹也大哥的語氣平淡，但是相當堅定。

從看見未來到改變未來，通通只是讓我自尋煩惱的錯覺。

再怎麼說，我們不可能改變「尚未發生的事物」。

人類對未來抱持的，永遠只有「想像」。

我不是用自己的特殊能力一窺未來，試圖改變，而是用活著的當下創造未來。

那怕是看見多遠之後的未來，真正的未來都還沒成為定局。

要是看見無法扭轉的未來，便不能稱作看見未來，而是「決定了未來」。

我根本沒有那麼了不起的力量。更何況——

「……我之前看見的未來，幾乎都是難過的事。我從來沒見過快樂的未來。這是不是代表——」

「對。妳看見的未來肯定是某種警告，提醒妳之後會發生那樣的事情，所以請好好努力，不要讓自己留下遺憾。」

……他靜靜地這麼回答。

幹也大哥傳達給我的，彷彿是對我的真摯期望。

↓

「啊，話說回來，如果能看見三天後的事，代表也能看到考試題目。這個部分恐怕還是有問題……」

是的。

幹也大哥說得很對。然而，那終究是看不見未來的人才會說的話。雖然現在明白我只是在自尋煩惱，但是，最重要的解決辦法，依然沒有著落——

「嗯。所以，妳不要再思考三天後的事，改成四天後。」

……他泛起做夢也想像不到的溫和笑容，對我如此建議。

「這，這是什麼意思？」

「妳看見的未來，最多到三天後對吧？既然這樣，妳就去想更久以後。我們頂多思考到一小時、一天後的事。妳的話，要把標準拉得更長。我知道這可能很困難，妳不妨當成擁有特殊能力的代價。反正看見未來的能力不可能治好，即使治得好，不是也太可惜了嗎？」

他再度一笑。

……哇，嚇我一跳！總覺得有一瞬間，我好像看見幹也大哥露出黑色的尾巴。

他的意思是，既然擁有特殊能力，當然也要承擔相對的不便。

還有一種解釋方法：特殊能力跟背負的代價，總是成對而來。

……幹也大哥點出我的煩惱，也指出我軟弱的部分。

既然有時間在原處自尋煩惱，不如先充分運用自己的特殊能力。

「只有自己作弊」的想法長期困擾的我。他的那段話雖然辛辣，但也很溫暖，徹底導正我的敗者思考模式。

「……我投降。您的外表那麼溫和，想不到其實滿嚴格的呢。」

幹也大哥聽了，訝異地皺一下眉。

他似乎不是對「嚴格」，而是「溫和」這個字眼有意見。

這一瞬間，我依稀看見他被某個貌似朋友的人，取笑是娃娃臉。

「對了，那張名片，可不可以送給我？我想當做今天的紀念。」

「咦？這個……妳拿我的名片，也沒有什麼用處……也是啦，名片本來就是這樣。」

幹也大哥帶著一些靦腆，把名片送給我。

……嗯。今天遇到好多好多的事，不過，最讓我驚訝的，還是這個人的洞察力。

他在「那個時候」便明白我的煩惱，鋪好可以讓我釋懷的伏筆。即使他沒有未來視的能力，照樣為我指引出光明的未來。

可是，話說回來——

「不過，還是有一點誤差呢。」

「……太慚愧了。我沒想到妳沒有點本日推薦，而選了旁邊的大挑戰。」

看來幹也大哥的未來視，還需要更多向日葵。

總之，就是這樣。一點點的極限，也是充滿人性的希望（誤差）。

／未來福音・完

4/4

那麼，我們再來看看他的結局。

†　　†

一九九八年八月三日，上午十一點四十四分——
在一棟跟ＪＲ線觀布子車站有一段距離的大型百貨，兩儀式踏進立體停車場的三樓。
未來早已被決定下來。
當她追到這個地方時，便不可能扭轉自己即將死亡的未來。
她的移動路徑完全不脫離炸彈魔看見的結果。
那一家人也沒有臨時起意，決定提前打道回府。
一分鐘後——

兩儀式將走出電梯，注意到捧著購物袋的一家人，接著被從三個方向射來的一千五百顆鋼珠貫穿全身，變成四分五裂的肉塊——

他正待在二十公尺外的大型車輛陰影處，「清清楚楚地看著這幅情景」。

停車場內再也沒有其他人影。

這裡的步調，不知比外面的世界慢上多少倍。

橋上的爆炸事件，遙遠得如同發生在另一個世界。

不論是呼叫救護車的聲音，還是刺耳的警笛，似乎都沒有傳入大家的耳裡。

這裡的一切是醒著的，但沒有什麼活著的樣子。沒有任何例外。

「——喲，炸彈魔，終於追到你啦。」

少女朝手機說完這句話，將指尖鬆開。

手機應聲摔到水泥地上。

她抽出背後腰帶裡的小刀。

帶著藍光的雙眼，緊緊盯著結果（未來）已經註定的四周。

停車場內沒有半點聲響。

夏天的陽光照射進來，地面出現深黑色陰影。

她手持小刀，走向視野死角的炸彈魔方向。

這時，她右手邊的電梯門開啟，一家人從裡面走出。

剎那間——

炸彈魔按下遙控裝置的按鈕。

幾乎在同一時間，兩儀式的匕首破空一閃。

一秒鐘後——

兩儀式完全無法可躲，被爆炸迸射出的兩公釐鋼珠貫穿全身，不成人樣地當場死亡。

一秒鐘後——

倉密目留科的眼珠彷彿被劈開，眼前的未來(視野)斷成兩截，接著消滅。

「呀——」

強烈的痛楚襲來，他用力按住右眼。

兩儀式不疾不徐地繼續走向大型車輛。

「怎，怎麼——」

眼前倏地一暗，沒來由的劇痛——

莫名其妙的現象使炸彈魔陷入混亂，但他並沒有放開炸彈按鈕。

然而，炸彈遲遲沒有反應。是引信出了問題，調製過程有誤，還是遙控裝置故障？不，通通都不可能。他堆砌出的現實，已經避開這些差錯。他準備好的未來，沒有任何變化。

只不過——炸彈就是這麼偶然地無視一切，沒有爆炸。

「這是，不可能的——」

炸彈魔的腦內掀起強烈的恐慌。

忘卻已久，對未知領域的恐懼使他感到戰慄。

他忍受不了右眼的痛楚，像腹中的胎兒蜷起身體。

「就是因為知道得太清楚，才會看不見嗎——橙子說得對極了。炸彈魔，你有沒有聽到？既然你的眼睛什麼都沒看見，不如廢了算了。」

倉密目留科聽到兩儀式的聲音。他睜大僅剩的左眼拚命尋找退路。然而，不用說也明白，他根本沒看見半點自己「成功逃脫」的未來。

「你只是單純預測的話，說不定已經順利地殺掉我。不用我再說明吧，你看見太多東西了。」

「……」

腳步聲近在身邊，對方距離這裡不到五公尺。

當對方繞到大型車輛的後方時，他便知道自己將被殺掉。

這是必然的結果，稍微想像即可得知，根本不需透過未來視。

「怎麼可能——怎麼可能——」

占據炸彈魔內心的，不是即將被殺掉的恐懼，而是對如此結果的滿滿疑問。

在人生中，他始終相信自己看見的結果（未來），為看見的結果（未來）束縛。那是絕對的信仰、無法掙脱的詛咒。那麼，為什麼現在，偏偏在這一刻，突然瓦解？

「為什麼我看到的未來不一樣了！」

「未來並沒有不同。『未來』這種東西，一開始便不存在。不存在的東西，當然沒有辦法控制。」

——魔術師這麼説過。

她解釋過預測與測定的差別。亦即看見某種未來發生的可能性，與將即將發生的未來限制住的差別。靠自我意志決定未來的「未來測定」，是超越未來預測的特異能力。

可是——

「未來充滿不確定性，所以是無敵的。不過，一旦未來有了形體，當然也有可能壞掉。」

成為註定的未來影像，不再屬於未知領域。

只要是有形之物，即適用「死亡」的概念。

對兩儀式而言，那是比螺旋迴圈更鮮明的「殺害」對象。

「雖然偶然沒有辦法掌握，必然倒是可以掌握。再見了，炸彈魔。在結果變成明確形體的那一刻，你的未來便走到盡頭。」

腳步聲就在他的跟前。兩儀式舉起匕首，與躲在大型車輛陰影處的獵物正面相對，彷彿理所當然地要獎賞他一番。

「——什麼啊，原來是你？」

兩儀式並未預測到這樣的結果。

她呆愣數秒後，在炸彈魔的呻吟下，送他最後一段路。

◇

八月三日，十一點五十分。

立體停車場的爆炸事件，晚了五分鐘成為現實。

鋼珠四處飛射，將停放的車輛、水泥牆柱打成蜂窩，模樣相當慘不忍睹。好在奇蹟似地沒有任何人死亡。

父親為了保護家人，受到輕傷，十四歲的小孩身受重傷，所幸趕來的救護車及時將他送到醫院，事件才平安落幕。

名為倉密目留科的炸彈魔再也未曾現身。也沒有任何人知道，一名和服裝的少女，曾經出現在發生爆炸的現場。

後來——

兩儀式把這段經歷從大腦消除得一乾二淨。只不過，她的好心情持續不了多久，便立刻被另一個發現破壞掉。

她來到與人約好的地方，卻沒有入內，而是呆呆地杵在戶外的大太陽下。至於其原因，既然我們不是全知的神，自然無從得知。

5／

暑假的最後一天——

我回到禮園女學院的宿舍，染回黑色頭髮的直美上前迎接。

「歡迎回來！有沒有遇到什麼好玩的事？」

她依然是老樣子，即使自己遇到不幸，也沒有顯露出來，仍舊表現得瀟灑又慵懶，完全就是時下高中女生會有的樣子。

「沒有什麼好玩的。不過，倒是有一件新鮮事。我啊，品嚐到人生首次的失戀滋味。」

我發出哼哼的笑聲，挺起胸膛。

直美聽了，露出不可思議的眼神。不過，這次還是先裝做沒看到吧。

「等一下，『失戀』？我有沒有聽錯？妳不是說過家裡清一色都是大叔？」

「其實啊，我回到家之前，在路上遇到一個人——啊，妳要的ＣＤ我帶回來了。要不要現在拿給妳？」

「啊……真不好意思，其實我已經透過別的管道拿到了，這張多的送給妳吧。好啦，不說這個了！趕快告訴我妳的失戀是怎麼回事！」

直美像是緊緊咬住獵物不放的食人魚，整個心思都在我的失戀上。

我一邊玩味女生友情的美麗與恐怖，一邊聊起暑假的回憶。

我避開未來視的部分，告訴她自己偶然在路上認識一個黑框眼鏡男子，一起去咖啡店坐了一個小時。

直美聽完所有經過後，不太高興地嘆一口氣。

「咦，很無趣嗎？」

「不，是滿有意思的。可是啊，雖然有點難啟齒，但我不覺得那是戀愛。」

果然是這樣。

我三天前便知道她會這麼說。

「妳也這麼覺得？」

「沒錯。那頂多算是憧憬。妳就像個看到偶像，拚命叫個不停的幸福小粉絲。所謂的戀愛啊，應該要更轟轟烈烈、更不堪回首、而且更捉摸不定，如同不是抵達終點，便是發生意外的雲霄飛車。總之啊，談戀愛不可能留下什麼美好回憶……」

直美的少女魂完全覺醒，長篇大論地發表她的戀愛觀。這點我完完全全比不上。

用不著等她說，我也明白這一點。

那個時候，我的確僅產生一瞬間的愛慕。若說喜不喜歡，我當然喜歡他，但之後的事情便沒有再多想。這樣的感動其實相當孩子氣。

不過，直美說的沒有錯。那一個小時我過得非常幸福。

不是戀愛也好，是我會錯意也罷，我還是決定把那天的那一個小時，當做失戀經驗刻畫在心頭。

「好啦，其實也無所謂。對了，那個男的來自——」

直美問了一個跟我一樣的問題。

那天的道別，正是由這個問題開始。

◇

「對了，黑桐大哥是哪裡人？」

「嗯？我從國中到大學都待在這裡。怎麼了嗎？」

「沒，沒什麼。我自己也不清楚，但就是覺得得問一下。」

不知為何，我鬆了一口氣。

自己又不小心犯了老毛病。不過，這說不定也是看見更明確未來的條件之一。

另一方面——

幹也大哥瞄向窗戶外面。

高樓大廈被盛夏的陽光照得發亮，跟微暗的咖啡店形成對比。

我看見一個格外顯眼的人影。他一身綢緞和服便裝，是個帥氣的大哥——又好像不是。

／／／

血、血、血——

數不清的雷根糖——

讓人看了便頭皮發麻的塔可醬——

血跡斑斑的金屬、血跡斑斑的水泥地、血跡斑斑的女人、血跡斑斑的黑衣——

／／／

「——」

在前所未有的強烈暈眩中，我徹底失去現實的時間感。

如果我的未來視來自大量資訊的演算，那名和服女子的條件非常強烈，光是存在便輕易讓我開始預測未來。

「我們也在這坐一段時間，差不多該離開了。」

幹也大哥看看時鐘，拿起帳單。

我剛才看見的景象是什麼——不對，那個景象太零碎，根本掌握不了內容——我盡可能把疑問吞回去，揮別這陣暈眩。

「非、非常謝謝您。」

我一邊道謝，一邊抬起視線看著他。

他沒有問我為什麼不站起來，耐心地等我接下來的話。

這時，我擠出今天僅存的最後勇氣——

「請問……您剛才說未來視並不稀奇，你也有認識這樣的人……所以，那個人是您的女朋友嗎？」

「咦！」

我漂亮地踩到地雷。

「啊，嗯……這個嘛……」

他既驚訝又難為情，看向窗外那位和服美女。

不過，我受到的打擊，肯定是他的好幾倍。

啊啊——再見～再見～我心碎了～這場美夢未免太短暫。我根本不會想跟她對抗。雙方的實力落差太大，就算我拿出全力跟她拚個一百次，有一百零一次都會慘敗。

「真是嚇我一跳。難道妳『看見了』？」

幹也大哥掩飾害羞的模樣，根本是犯罪等級。

這句話讓我更加絕望。但現在不是消沉的時候，我還有更重要的事。

「不，我沒有知道那麼多……可是，接下來的話，請您聽了不要生氣……如果，您繼續跟那個人交往，總有一天會失去性命。」

「——」

現場陷入五秒鐘的沉默。

對我來說，這段時間如同凍結一般。

幹也大哥一時轉不過來。可是，他絕對不會笑笑帶過。

……事後我才想到，要說失戀的話，直到這一刻，我才是真正失戀。

幹也——不，黑桐大哥沉著地接受我看見的未來。

「這樣啊，謝謝妳。」

……他這一刻的表情，我一輩子都不會忘記……這樣說或許太誇張，但如果可以，我希望一輩子都不要忘記。

先前聽他許許多多的說明，以及提供的建議，通通比不上這個笑容。

他不僅相信我的未來視，更堅定地相信自己的未來。

「不過，我還是先不要聽太詳細的內容。雖然感覺很可怕，但要是真的聽了，到時候可能做不了重要的事情。」

黑框眼鏡的大哥苦笑著起身。

跟自己的命運比起來，在那個當下逃避更讓他害怕。

我打從心底尊敬、憧憬那份堅強。

雖然在一起的時間只有一個小時，我卻得到無價的寶貴指引。

於是，我們在咖啡店門口道別。

黑桐大哥目送我走向車站後，對站在店外等待的某人開口。

我混在人群中，從遠處看著那兩個人，再次低聲向他說一聲謝謝，告別這條夏日的街道。

◇

以上就是我在這個夏天遇到的一切。

現在的我依然看得見未來，依然會在某個時間點，陷入強烈的自我厭惡。

什麼都沒有改變，什麼都沒有解決，我只是盡量不讓自己煩惱。

如同黑桐大哥對我展現的笑容，要是我不相信當下的自己，哪裡還能期待幸福的未來？

既然我可以用未來視取巧，相對地當然要承擔一些代價。

而我依然選擇接受，不討厭這樣的特異能力，代表自己始終相信，這一定會為某些人帶來好事。所以，我要延續這個期待，樂觀地活下去。

「然後啊～因為要動手術，我家那個老弟（笨蛋）頭髮被剃光光。後來他一醒來，立刻看鏡中的自己看得出神，而且不知道哪根筋出問題，說出『不覺得沒有頭髮超酷的嗎』這種話！那樣哪裡酷了，就只是個禿子、大光頭！我敲一下他的頭，跟他說家裡才不需要火星人，結果他的傷口又裂開了──」

回過神時，直美已經在談自己的弟弟。她這個人總是神采奕奕。

……在回家的班機上，她想必是一副世界末日的表情，內心相當難熬。

她對未來抱持強烈的希望。即使等在前方的，是無法撼動的命運，她也絕對不會對未來悲觀。就是這份堅強，才能讓她像這樣一派輕鬆，把已經過去的痛苦當成玩笑話來講。

「直美，妳真的好帥氣。」

「對吧對吧？跟可愛比起來，果然還是帥氣比較好！大小姐跟資優生的形象已經越來越不討喜，接下來是酷勁美女的時代。不過啊，禿頭可就免了！」

這時，心情大好的直美突然停下笑聲。

她看向我的背後，先前待在稍遠處休息的轉學生（陌生人），走向我們坐的桌子。

「——什麼啦？」

直美咋一下舌。

她全身散發出敵意，大概是認為對方要來提醒她「可不可以麻煩小聲一點」、「那樣很不得體」。然而——

「沒什麼，只是看兩位聊得很高興。可不可以讓我加入？」

出乎意料地，對方是來打招呼。

「初次見面。」這位一年級學生不顧我們的呆愣，露出極其高雅的笑容。

直美張著嘴巴說不出話，我從這位由「大小姐」一概念幻化成的人型身上，看見未來。

「咦，請問妳是不是瀨尾小姐？太好了，這樣我便不用再另外打招呼。」

我出於跟直美不同的驚訝，連眨好幾下眼，同時也明白事情的大概。

接下來的一年——不，不只一年——

我將跟這位少女住同一間寢室，度過驚濤駭浪的校園生活。

僅僅一秒鐘，我便推翻自己可能跟她處不來的念頭。

我們將成為非常要好的室友。

在暑假的最後一個夜晚，我認識了這位日後將登上禮園頂端的未來死黨。

順帶一提——

「對了，黑桐小姐是在哪裡出生？」

她永遠也不會明白，我為什麼問這個問題。

只是同姓（偶然）罷了——雖然現在的我暫時放下心，在許久後的未來，我將發現事實並非如此——

未來福音　序　*Möbius link*

†

炎熱的夏天再度來臨。

我在四層樓建築的屋頂上，無所事事地俯瞰街景。

最近的入夏比較晚，還有人預測今年可能是不同於往年的涼夏。不過，正式進入夏天之後，果然還是氣溫屢創新高的酷暑。

陽光直射下來，像閃光彈似地讓眼睛睜不開；路面上的蒸騰熱氣，也如同竄入鼻腔的麝香。

現在一到夏天，便有如置身撒哈拉沙漠。炙熱的沙堆上有堅固的建築，不知疲累為何物的商隊，以及如公牛骸骨般，被時代遺棄的物品。

不過，這裡的建築並非真的像沙上樓閣那樣脆弱，它們大多頑強地撐過這十年光陰。其中也有一些建築逐漸凋零，壯志未酬身先死，我們也只能祈禱那些建築沒有留下任何遺憾。

萬物皆有結束的一刻。不論抱持何種見解（角度），都無法否定這在根本上，是一件悲傷的事。如果結束會孕育新的事物，同樣走在通往結束道路上的我們，或許能得到些許慰藉。雖然程度差不多只等於一顆頭痛藥。

——如此這般，我叼著香菸，沉浸在與自己不太相配的思緒中。

這不過是浪費掉我悠閒午休時光的雜念。儘管很不解風情，抒情式思考也屬於工作的一環，所以是不得已的。

我所站的建築屋頂，不算太低也不算太高。

雖然往下可以俯瞰一般房舍，但若跟這幾年新建的高樓大廈相比，也只是個矮冬瓜。

不對，這連一棟像樣的建築都稱不上。

從一般人看來，這不過是背負不良債權的廢棄大樓。

當初好像是蓋到一半便停工，工程開始於一九九二年，中止於一九九三年。如今，僅完成一部分的五樓，成為相當理想的屋頂。

聽說曾經有人用過這棟大樓，且順便修繕補強了一下。雖然跟那個人素昧平生，我還是很感謝他超乎異常的熱忱。

「——」

我在不經意間抬起視線，被強烈的日光照得雙眼發暈。

現在的我，只有半邊眼睛看得見。年輕時，一起事件奪去我右邊眼睛的視力。所幸直到現在，依舊可以只靠左眼正常生活。

我深呼吸一口氣，從站起身時發生的暈眩恢復，靠上腐朽的圍欄眺望街景，換換不同的口味。

這裡離地面僅約十五公尺，沒有什麼可以用「俯瞰」形容的壯麗景致。但如果是眺望街景，已經相當足夠。

站在此處，可以發現在地面上無法看見，怎麼想都想像不到的城市面貌。

例如坐落在二十公尺外一隅的平凡住家。

那是一棟古老，從昭和時代便存在至今的兩層建築。

但它其實有三層樓。從底下看只看得到屋頂的地方，還有一個二坪左右的空中庭園。真羨慕屋瓦上有個綠意盎然庭園的住家，天氣好的時候，住在那裡的人想必會上去曬衣服。而且，說不定在我出生前，他們便一直持續這樣的習慣。

緊鄰著那棟日式房舍的，是一幢十層樓高的辦公大樓。從我所處的高度，可以稍微瞥見屋頂。可惜因為是辦公大樓，通往屋頂的大門八成是上鎖的。

雖然還有Z字型緊急樓梯口可上去，但是非常遺憾，頂層的鐵柵欄同樣封住去路。那棟大樓的員工明明坐擁美景，卻完全無緣窺見一眼，甚至根本不知道那般美景的存在。

再四處移動視線，有時還會發現沒有任何出口的巷弄。那是穿梭在住家之間，只有左鄰右舍才會知道、使用的小路。

鑽出小巷，來到大馬路，出現在前方的，是五年前完成的停車場。

過去的小巷，現在成為純粹點綴用的公共藝術……我原先懷抱這樣的念頭，但是仔細一看，其中還有勉強可供一個人通行的空間。想不到連每天在那裡來來去去的我們，都沒有發現停車場後方的小路。

那些無一不是城市的容貌、除了自己之外，眾人生活在此的證明。

從這個高度，可以略微窺見拘泥在自己的生活中，不可能發現的連結與新版圖。

即使處在都會的喧囂中，這裡居民的生活也不會改變。

這是社會道德（外部）提昇，個人道德（內部）下降的時代。不過，大家活在自己的生活這點，並沒有因此改變。

儘管這個城市人蛇雜處，還是充滿讓人喜愛的魅力。

儘管這裡的生活單調，又存在惡意，同時也有更多的善意。

看著平凡無奇的一天生活發呆，是我唯一的樂趣。

我再也看不見未來，也不會對未來悲觀。

從現在的觀點看來，過去跟未來有如遙遠的另一端。我不是萬能的神，光是想像便已經逼近極限。

「話說回來……」

……好熱。我本來只打算花個十分鐘散散心，才來到屋頂上，一不小心便休息過頭。

我走下樓梯，回到四樓的事務所。

在夏日陽光的照耀下，大樓走廊跟醫院一樣明亮。一位少女的聲音傳入耳朵。

「於是，他逃離奧利加博士，來到夜晚的廟會。這裡有燈籠、煙火、以及飄落的櫻花，是一個充滿春意的城鎮。」

聲音是由事務所內傳出。少女朗讀著我再熟悉不過的內容。她真的很喜歡我放在書架上，自費出版的那本書。

「他並不是特別憧憬人類，

只是因為這裡太擁擠、太熱鬧，

即使有一個像自己這樣不屬於集團的人，也不會有人注意。」

這是讀者反應特別不熱烈的短篇故事，可見少女的興趣頗為特別。

他主要撰寫給小孩看的故事繪本，因此讀者反應不佳，其實是可以想見的。畢竟他寫的故事中，有一大半都超出小孩子的理解範圍。

這個短篇也是一例。故事發生在融合作者想像要素的江戶城鎮，講述一名男子逃脫洋學博士的掌控，混在眾人之中生活。

特別的地方在於，這名男子不是真正的人，而是一個大家都能分辨出來的機器人。他的臉是真空管製成，其上開洞作為眼睛和嘴巴，才勉強像個人的樣子。可是，不知道為什麼，他單純的外表反而讓人印象深刻。

機器人模仿人類的習慣，逐漸融入城鎮的生活。

他這麼做，並非因為產生成為真正人類的心情。

長期被關在研究室內的機器人，為美麗的城鎮深深著迷——不對，這樣前後順序正好顛倒。機器人純粹是因為變成人類，即可生活在城鎮，才模仿人類的一舉一動。

然而，過了幾年——

「雖然這麼比喻有點奇怪，但我好像只是記錄用的墨水。」

機器人萌生了不能說出口的煩惱。

儘管他得到接近人類的心，唯獨真正的身體，他怎麼樣都無法得到。

就算臉部跟四肢可以偽裝，他依然沒有血液，也不會流淚。

「春天的狂風再度吹起。

夜空綻放出大片的花朵，好像要跟隨風飄散的櫻花比美。」

更奇怪的地方在於，故事中的慶典發生在春天。說到煙火，日本人一定本能地反應到夏天，作者卻偏偏認為，春天才是與煙火最相稱的季節。

機器人進入城鎮的日子再度來到——

夜晚，他在熱鬧的橋上欣賞煙火，一個不小心，被洶湧的人潮擠落河川。

到這裡才解釋固然突兀，這個機器人很怕水，光是接觸到水，便會故障。他一落入河川，全身上下的功能立刻短路、停擺，披覆在外的偽裝用人皮也被溶解。

儘管如此，他還是拚命把臉遮住。

「好不容易盼到春天，

怎麼辦，我會被趕出城。

怎麼辦，大家會害怕我。」

他遮住自己的臉，不是為了繼續住在城鎮，而是為這裡的居民著想。

橋上的人看見她的樣子，個個驚聲尖叫。

先前跟他走在一起的人，也指著他咆哮。

「啊啊……我原來是個怪物。」

不知過了多少年，機器人想起這件事。

當初以為自己順利融入這裡，原來一切只不過是一場夢。自始至終，他都打不進大家的圈子。機器人沉入河裡，在逐漸被水漫過的視線中，望著橋上的騷動——

「最後，他的眼眶流下一行淚水。」

故事到此結束。

朗讀的聲音跟著中斷，緊接著是一段空白。如果就這樣不理會，少女可能會繼續讀下一個故事，於是我不刻意咳一聲，也不敲門，直接開門進入事務所。

「啊，光溜先生，原來你在。我還以為你一定是出去了。」

白皙的少女將書本置於桌上，轉過頭看向我。

「只是去一下屋頂。我出去的話，會先把門鎖起來。」

「原來是去屋頂。真可惜，早知道我也上去看看。」

少女展露花一般的微笑，完全不覺得自己哪裡有錯。

在拉下百葉窗的微暗房間中，她的姿態簡直是個奇蹟。

沒有記錯的話，這名少女大約十歲，有一頭充滿水感的烏黑長髮，藍色雙眸同時蘊含小孩子特有的可愛，以及大人味十足的理性（光采）。另外，雖然她穿著跟時尚沾不上邊的高檔上衣，卻照樣散發出不受流行感左右的高貴。

「——」

她很明顯不是故事裡的機器人，我還是有那麼一瞬間，懷疑自己的眼前是不是亮了起來。

就某種方面而言，這名少女帶有魔性。

不論誰看見她，都會期待她未來的發展，另一方面，又暗暗希望她永遠維持現在的樣子——

「——這樣的形容如何?在隱晦之中，如實表現出妳的小惡魔個性。」

「以即興創作來說，形容得非常好。但最後那句話是多餘的。有些人聽了，搞不好會懷疑你的癖好。」

她面露天真的笑容，打從內心享受我們兩人的對話。

「沒有關係。我才不會因為被人懷疑便受影響。」

我隨口回答，走向自己的桌子。

不論少女多麼美麗，對我來說都是災厄。如果得到允許，我早已拎起她的脖子，像貓那樣扔到窗外。

「咕！你今天的脾氣一樣古怪得要命。人家可是特地蹺課，蹓過來這裡的耶，真無趣～虧我還為你著想經濟問題，幫你接到工作的說～」

少女不高興地噘起嘴脣，但頭痛的可是我。

「……真是難以置信。我明明說過不可以隨便闖進來，蹺課跑來這裡更不只是惹麻煩，情節已經跟殺人一樣嚴重。我一直隱隱約約地覺得，妳是不是恨不得把我殺了，未那大小姐？」

「咦？討厭啦，我不可能把你殺了，那樣未免太可惜。倒是光溜先生，『大小姐』這個叫法不太好，聽起來像是大家呵護的對象，讓我喘不過氣。尤其是你那樣叫，更讓我覺得好像有什麼意圖，或者說是帶刺，不打算跟我更親近——這是命令，我允許你像第一次見面時那樣，直接叫我未那。」

「……………」

她的大小姐口吻實在搞錯時代到一個極致，想到她是不是從頭到尾都要著我玩，我的頭就變得更痛了。

「抱歉，未那，我沒有空再理妳。趕快回家去吧，現在還來得及。我可沒有被十歲小孩到處使喚的興趣。」

我發出噓聲，揮手表示這裡不歡迎她，要她趕快離開，她卻反而顯得更高興。

「嗯。光溜先生的優點就是言行舉止像個流氓。我啊，很喜歡說話直率的人喔。雖然以繪本作家來說，似乎欠缺一些感受性。」

這正是多管閒事，可以饒了我嗎？

稍微自我介紹一下。我是瓶倉光溜（Kamekura Mitsuru），一名剛出道的繪本作家。

我今年二十六歲，不過是個欠缺資歷的新人，但不知為何，有一間雜誌社很欣賞我，已經讓我出版好幾本作品。這一切都是前一個事務所租戶的功勞，現在的我連同他的緣分，一起接手過來。

「不過，《吸血鬼的眼淚》真的是名作呢。你該不會是出了第一本作品，便被完全榨乾了吧……第二本《殘光籠》，感覺像在浪費資源……」

少女用手抵著嘴脣，皺著眉頭物色書架上的書。

《吸血鬼的眼淚》為先前少女朗讀的短篇作品名，是我個人名義的出道作。這本書救了我一命，也讓我與眼前的少女相識。

兩年前的同一時間，我被這間事務所的租金和生活費壓得喘不過氣，到處向人借錢，債主還直接上門討債。

問題在於，這些債主的頭頭是地方勢力的代理人——而且主要跟暴力集團有牽扯——光是聽到那個人的名字，我便開始顫抖，恨不得馬上逃出這個城鎮，即使未來只能出海捕魚或開採油田，我也願意。正當我陷入絕境時，這名少女出現在我的面前。

「請問您是作家瓶倉老師嗎？能夠與您見面，真是我的榮幸。」她一拿著我的書現身，其他穿得一身黑，凶神惡煞般的青年立刻乖乖離去。

我好不容易為得救鬆一口氣，沒想到接下來面對的，竟然是比凶神惡煞更恐怖的閻羅王。我被迫成為他們集團的一員，才好不容易留下命來。

「太好了，我正想成立一個集團專屬的徵信社。你就擔任徵信社的社長，應該很在行吧？什麼，在當繪本作家？這點小事有什麼問題。我也不是什麼牛鬼蛇神，同意你可以兼營副業。」

如此這般，我一邊當繪本作家，一邊經營徵信社——用小說風形容，便是當偵探——淪為沒有節操的男人。

這位少女是我的救命恩人，也是集團老大的獨生女。

基於這個理由，儘管我不討厭她，但除非必要，我也不想跟她太親近。

如果她三天兩頭往這裡跑，只是因為好奇，或在家裡待不住而一時興起，我是還不會介意……

「對了，未那，這次又是什麼樣的工作？」

分派給我的工作，大多是需要時間和耐性慢慢努力、以及遊走在違法邊緣的跟監等，不愧對徵信社之名的素行調查。

偶爾也會出現顯露老大壞心一面的棘手案子，不過，大部分都有辦法順利解決。這位少女帶來的任務，似乎介於兩者之間。

據說在他們負責維護治安的區域——他們是這麼宣稱的——有一些可疑分子出沒。老大交代過，要是經過調查，判斷對方為危險人物，便要要求對方離開這個地盤。

「……在小巷裡出沒的商人？聽起來不是什麼危險人物。不是我要吹噓，我可是拿肉體派的一點辦法都沒有喔。」

「應該不是那種類型的人，好像只是一般沒什麼生意的占卜師。以前我們受過對方照顧，所以不要太無禮，最好能把對方照顧得妥妥當當。」

原來如此。為了避免暴力行為，才把這個案子交給我。

不過——

「這個地方的占卜師……」

我開始翻找十年前的記憶。

觀布子南邊鬧區的占卜師……

未那交給我的資料上，有對方過去的照片和特徵。

「……真想不到，那個老太婆竟然還活著。」

「光溜先生，你認識她嗎？」

「那是好久以前的事。當時她的占卜很準確，所以非常有名，最近卻突然消聲匿跡，我還以為一定是作古了——」

看來她的「能力」依然健在。

不……即使能力還在，體力也早已大不如前。

經過十多年的歲月，她應該已經將近七十歲。雖然繼續在街頭占卜肯定很辛苦，但我可以預料，她還想繼續影響別人的命運。

「哇，這個人的特徵是預測得到未來……真的嗎？」

未那驚訝地看著資料。

跟半信半疑比起來，她的表情更像是不理解「預測未來」的意思。

「對。大部分的未來視都是假的，那個老太婆的是真的。她是一個如假包換的預言家，跟資訊處理、行動、累積什麼的沒有關係。再說，她都是在對別人一無所知的情況下，直接預言未來。」

這段話怎麼聽都像是隨口亂編，少女卻一點也不懷疑，興奮地雙眼發亮。

……我這時才為自己不經大腦的發言後悔不已。然而，已經來不及了。

少女的興致一來，接下來會採取什麼舉動，不用想也知道。

◇

我等待夜晚降臨，才出發解決委託的工作。

一直以來，觀布子南邊都是鬧區。歷經十年的時間，整體也沒有什麼重大變化，頂多是柏青哥店內變得更整潔，並且加強偽裝，讓顧客玩得更盡興。

「真是驚人。原來大人們都是夜貓子。」

跟在身旁的少女踩著輕快的腳步，在深夜的街頭東張西望。

時間將近晚上十一點。我先知會過少女的家長，所以他們沒有太擔心，以為女兒遭到綁架。不過，之後還是免不了被硯木秋隆念一頓。

不論有什麼理由，深夜在外遊盪的情節可是比熬夜嚴重。身為未那的指導者，他的工作即是糾正我的行為。

「未那，這邊。裡面很暗，不要離開我的身旁。」

我提醒少女後，進入狹窄的巷弄。

漫長通道的盡頭，出現一盞昏暗的照明，有如神殿的祭壇。在高溫的夜裡，占卜師披著黑色的厚重長袍，等待客人上門。

「歡迎光臨。這位路過的小哥，要不要來占個卜？」

這裡是巷子盡頭，哪裡有什麼路不路過，前面根本無路可走。

「要要要！我要我要！初次見面，占卜師婆婆！我還沒有成年，也可以占卜嗎？」

「哎呀，聲音挺可愛的嘛，我還以為是個死板板的年輕人。啊～難得有客人上門，就是這麼可愛的小女孩，我真是太高興了！妳要占卜當然好，想知道什麼運勢？用不著客氣，只要是女生，通通不用錢。」

「謝謝妳。那麼，可以占卜我跟爸爸的戀愛運嗎？」

未那什麼也不多想，便提出要求。占卜師喜孜孜地開始盯著水晶球。這個已經重複好幾十年的動作，在年紀下露出疲態。果然老了嗎……她的視力也大幅滑落，說不定連眼前的少女，都呈現一片模糊。

「哎呀，這個哪裡需要占卜，妳跟父親當然是相親相愛。這位小姐，妳非常地受到寵愛，但如果要加深這層關係，在道德上可能有點困難。」

原來是道德問題。

「是的。我希望總有一天要打倒媽媽，把爸爸搶回來。」

少女露出向日葵般的笑容，說出任誰聽了都會搖頭的玩笑話。儘管兩人完全是雞同鴨講，占卜師的心情依舊大好。看來她是真的盼了很久，才盼到客人。

「觀布子之母的光環也生鏽的嗎。看來教人如何避免不幸，不再是時代的潮流。」

在這個時代，幸福的未來相當罕見。

不論占卜師能看見多久的未來，要是幸福的未來一開始便不存在，客人自然不可能滿意。

「嗯？真是令人懷念。原來是同行啊，我還以為是誰呢——不，或許該說是曾經同行才對。」

占卜師朝我瞇細雙眼。

……我收回先前的話。以老太婆微弱的視力，加上這裡昏暗的光線，她連我的長相都不可能看清楚才是，卻有辦法準確料中這一點——

她說的沒有錯，我早已——

「我不是在說你，而是我自己。活到這把年紀，我早就看不見別人的未來。你的諷刺一點也沒錯。實際上，觀布子之母跟死了沒什麼兩樣。」

「……妳看不見未來嗎？」

未那滿臉可惜……不，是訝異地盯著占卜師。

「對，我再也看不見任何光明的東西。不過，這樣也好。我總算可以卸下重擔，落得輕鬆。可是啊，現在我反而淨是看到過去。受不了，真不知是哪門子的因果關係。」

既然看得見未來，當然也會瞭解過去。

然而，這的確不是什麼值得高興的能力。大家都不需要這種特異功能，所以老太婆才空有這個能力，卻等不到客人上門。

不論是誰，都不希望看見黑暗的未來，以及不堪回首的過去。

「十年下來，時代轉變成現在這樣。老太婆，妳的占卜已經不流行了。我不會說難聽的話，勸妳還是收了吧。何況也有人來抗議。妳這種人喔，該怎麼說呢——」

被時代的洪流遺忘——

不知不覺間，不再擁有從純粹的希望找出價值的浪漫——

「喔？雖然你那麼說，自己又是如何？難道這十年改變了什麼？」

我？我嗎——究竟如何呢——

若說改變，的確是有。但只是失去一個能力而已。

這十年——不，說得更正確，是十二年來，我始終像故事中模仿人類的機器人，融入這個城市的生活罷了。

我遇見難得的朋友，之後又失去他。儘管試著承續他的衣缽，卻每天被唯一的讀者批評。

「嗯……說來慚愧，我也沒有什麼改變，只是一種資源的浪費。先不說妳怎麼樣，我仍然是個半調子的流氓，連有害都稱不上。」

某天，我突然發覺自己不再是機器人。可是，與生俱來特異能力的我並沒有什麼改變。真要說人生出現什麼樣的變化，頂多是從帶給周遭困擾變成不會造成困擾，我還沒有付出什麼貢獻過。

「沒有那種事。光溜先生是一個好人，你應該要對自己更有信心。」

未那一臉認真地糾正我。

「……這是我的榮幸。不過，妳有什麼證據這麼說？」

平常聽到這樣的話，我只會左耳進右耳出。不過，未那此刻說出這句話，似乎是情況所致。我懷著些許期待反問。

「因為啊，你跟爸爸很相似。從不怎麼醒目、右眼看不見、到對女生沒轍都一樣。我最擅長的，正是使喚這種人喔！」

「……」

「啊哈哈哈哈哈！」占卜師聽了，忍不住大笑起來。

我光是為了排遣難以名狀的失落感，便消耗大半精神，根本無法再有什麼反應。

「老太婆，妳笑得太過火了。年紀一大把，勸妳多注意身體。」

占卜師依舊「咯咯咯」地笑著。

經過一分鐘，她大概是笑得心滿意足，或是笑到腹部抽筋，脫序行徑總算收斂。但願只是前者。

「哈哈、哈、哈……呼——哎呀，果然是活到老，學到老啊～當年那個小鬼頭，也長成堂堂正正的大人了嘛……喔喔，原來如此。你這十年過得很有意義喔！」

……實際上又是如何呢？不用說十年前，我連一年前的事情，都只剩下模糊的印象。唯有特別好和特別壞的事，我才會好好保管在大腦裡，猶如昨天剛發生一般。

「言歸正傳，妳在這裡做生意會妨礙到我們。下次來找妳的，可就會換成一批凶神惡煞。勸妳最好趕快退隱江湖。反正妳從以前開始，替人算命從來不收錢，可見也不怎麼缺錢吧。」

「用不著你雞婆。我在你出生前便開始做這一行，就算是妨礙到誰，或是沒有客人上門，我都會做到最後一口氣。」

交涉失敗。這位占卜師絕對聽不進別人的話，更不用說是我這種人。

雖然沒有達成任務，至少我已經盡了本分，完成工作。

之後要怎麼處理，留待組織去傷腦筋。他們最擅長的，正是動用武力逼退別人。

「回去吧，未那。差不多到小孩子的睡覺時間了。」

我對少女開口。

「等一下。我一直覺得剛才聽到的一句話很奇怪。老婆婆，妳說觀布子之母早已不存在，自己跟死掉沒什麼兩樣。那麼，妳為什麼還要繼續幫人占卜？妳好不容易看不見未來，不是可以輕鬆許多嗎？」

占卜師聽了，泛起嘲諷的笑意。

那笑容也可以解釋成苦笑或哀愁。

她帶著疲憊的語氣說道：

「為什麼啊……真要說的話，做這行的確只有滿滿的痛苦。只不過，我的人生早已被未來啃食殆盡，不再擁有任何東西……沒有錯。這種能力啊，除了為別人提供幫助，便沒有其他用途。」

我們聽到的，是一段渺小的祈禱，由自己所期望的人生。

「——」

她的話音微弱，但是充滿自豪。

……我的人生，曾經被一名少女改變。

多虧那名少女，我才得以從眼前所見的命定未來獲得解放。

儘管我也為此付出代價，往後的人生滿是失敗。但我至少還留有什麼。

老太婆沒經歷過那樣的遭遇，不過，她依然選擇奉獻生命給自己認為對的事。

「光溜先生，我有一個請求。」

未那露出天使般的微笑看向我。說來教人火大，我未曾成功抵擋她的笑容攻勢。

「……說出來吧，我聽聽看。」

「我覺得占卜師的工作很了不起。這座城市需要觀布子之母。而且，我很喜歡這位老婆婆。」

「妳的毛病就是不管對方的立場，都會喜歡上……所以，妳想怎麼做？」

「你的毛病是明明知道答案，還要故意問一次——還是說，你想要我親口說出來？」

「……不用了。真的說出來的話，只會增加我的壓力。」

瞞過未那的母親，是完全不可能的事情，所以只能想盡辦法說服她。

不僅如此，即使不做到生意興隆的程度，也要幫老太婆擦亮招牌。原來「把她照顧得妥妥當當」是這個意思。

「……接下來可有一籮筐的問題要處理。而且，還要看老太婆願不願意。」

「用不著在意我。我只會繼續做自己想做的事。」

「你看，老婆婆也很有幹勁。那些都是小事情，戴眼鏡的光溜先生一定會幫忙解決對不對？還是說，我那個時候應該叫你『倉密』比較好？」

「妳喔……」

我按住發痛的眉心。

那是我不怎麼想聽到的名字。

回到十年前——

一名男子看得見成功的未來，所以只能選擇那樣的未來。

他分不清楚自己究竟是活在現在，還是為了未來而活。不知不覺間，他不再是自己的主人，而成為獻身給自己未來的奴隸。他變成沒有意志的機器、只知道進行名為「註定的未來」之命令的機器人。

他化身為機器炸彈魔，存了五年的錢後，被另一個殺人魔殺害。

炸彈魔——亦即名為倉密目留科的男子，確實已在當時死亡。束縛他的未來連同右眼，被殺人魔一刀兩斷——

敗北的炸彈魔，為直逼眼前的死亡感到恐懼。

殺人魔絲毫不留情，瞄準因為劇痛而蜷縮身體的炸彈魔——的當下，突然為他的模樣失去興致，像一隻任性的貓咪離開現場。

……她想必相當掃興。畢竟名為倉密目留科的男子，竟然脆弱到那個地步。

殺人魔離去後，炸彈魔被送往醫院。

這件事發生在十二年前。

立體停車場的爆炸事件，共傳出兩名受害者。

一位是保護家人，而受輕傷的男性。

另一位是雖然沒被爆炸波及，右眼卻不知為何受傷，而「喪失視力」的十四歲男孩。

……稍微岔開一下話題。倉密目留科（Kuramitsu Meruka）這個假名，是我偶然在漫畫中看到的反派角色名。不過，雖然稱之為假名，其實也只是把自己的名字重新排列組合，以保留最低限度的神祕。

倉密目留科已不存在。

他再也看不見未來。

如今的我是一個普通人，只會模仿過去，假裝擁有未來視能力罷了。

「——好吧，跟從事破壞比起來，這個方法的確值得一試。」

我放棄自己的意見，低聲表示同意。

少女笑了起來，並且牽起我的手。她的笑容充滿對我的信賴。

「好，決定了！老婆婆，妳放心。重新振作後的光溜先生雖然缺乏霸氣，但他其實相當可靠！儘管放一百個心！」

「等會兒。我知道那位小哥的名字，但還不知道妳叫什麼名字。」

「啊。」少女這才想起，停下腳步。

她放開我的手，轉回占卜師的方向，恭恭敬敬地對她行禮，說一聲「請原諒我的失禮」。

「我叫做未那，全名是兩儀未那。偉大的占卜師老婆婆，家母——不，是家父承蒙您的關照了。」

那個名字的背後，似乎又是另一段故事。

老太婆這次是打從心底感到驚訝，睜大眼睛打量這名少女。

她連眨好幾次早已看不見的雙眼。

「喔——原來。想不到竟然有這種事。」

她露出安詳的笑容，彷彿看著耀眼之物，又彷彿對未來送上祝福。

「妳要保重喔。雖然這種話根本不需要由我來講。」

「妳也多保重，要像老婆婆過得健健康康喔。」

少女再度邁開腳步，輕快地拉起我的手。

我僅用視線向占卜師道別。

說也奇怪，她面前的桌子似乎變得更明亮、更堅固有力。

那張桌子跟我們造訪時並無不同。不過，印象就是改變了。

說不定，她的故事因為今天與少女的相遇，輕輕地畫上圓滿句點。

即使過去的主角已經離開舞臺，只要舞臺繼續存在，客人依然會絡繹不絕。

……真是忙碌。

以我為主角的故事早在十年前畫上句點。但是，以我為配角的任務尚未結束。

「走吧，光溜先生。回去後，要從說服媽媽開始。」

「一開始就碰到最大難關……」

總而言之，機器人也有機器人的工作。

我的未來仍舊充滿希望與不安。

即使這段劇本沒有被聚光燈照亮的一日，集結眾多主要演員的舞臺，仍然將繼續演出。

故事將持續下去。

儘管前方的道路充滿未知，我的左眼（現在）還是看得很清楚。

／未來福音　序

0／

一九九六年一月——

在泫然欲泣的天空下，他正享受著自由。

深夜零點的幽會、午夜的逍遙、十字路口遇到的殺人魔——

他一面吟誦這幾個短句，一面在夜晚的街道大步行走。

當然，他沒有告訴她，便一個人套上套頭毛衣，懷著只要找到什麼動機，便想殺人或被殺的滿滿自暴自棄，像個失去平衡的人偶，在深夜的街頭遊盪。

她沉沉地睡著。

他感覺自己的時間差不多了，才會趁這個空檔溜出來。

開始毀壞的她——

只有毀壞一途的自己——

必須守護的我——

必須守護的某人——

受這些矛盾折磨是她的工作，他其實不怎麼在意。

因為他已經領悟出讓她得救的終極手段。

——簡單說來，只要自己（他）消失，她便能幸福地活下去。

所以，此刻的他才能拋開一切，好生享受夜晚。

如同蜻蜓歌頌進入倒數計時的生命。

又如同在內心某處訴說「我不想死」的小孩。

「死亡沒有什麼好恐怖的。」

他低聲如此告訴自己。這不是在逞強。畢竟就算他死了，她也不會死；就算他死了，自己的軀體也不會死。因此，這跟害不害怕是兩碼子事。

午休時光的藍天、放學後的晚霞——

從那位少年眼中看見的憧憬，對他來說，實在太——

「歡迎光臨。這位路過的小哥，要不要來占個卜？」

他倏地停下腳步，插在口袋裡的手握住彈簧刀。他今晚的心情差到極點，只要找到理由，他並不介意殺幾個人。

出聲喚他的女性，是一位占卜師。

印象中曾經聽過，她會告訴別人如何避免不幸的未來。

「哈——」

簡直笑死人，她以為自己是誰——他開始感到有趣，將彈簧刀握得更緊。

不過，殺人總還是要有一個理由。因此，他姑且上前搭話，做做樣子。

「喔？挺有趣的。幫我算一下吧。」

他伸出空著的左手。

占卜師仔細端詳他的手相，接連露出困惑的表情。

「好啦，結果如何？我要怎麼做，才能避免那些不幸的未來？」

這句嘲弄中帶有殺意。

他等著聽占卜師會說出什麼沒營養、無關痛癢的遺言（預言）——

「——哎呀，想不到還有這樣的未來。沒辦法，你一定會死掉。不管再怎麼做，你都沒有未來可言。」

雖然他早已做好覺悟，但是冷不防地聽到死亡宣告，還是讓他當場愣住。

「……嚇到我了。妳真的是占卜師？」

真抱歉啊——占卜師嘆一口氣。

儘管如此，她還是繼續研究他的手相。這想必就是占卜師的尊嚴。

他體內的燥熱急速冷卻，殺氣和自由也無力地消散。

占卜師仍然睜大眼睛，仔細尋找他的未來。

「幹嘛啦，不用再看了。我的未來只有一片黑暗，我也不認為自己會得救。這樣反而覺得乾脆。雖然算不上是對妳的回禮，我要走了，不會對妳做什麼的。」

「不，事情並不是那樣。你避免不掉死亡這一點，是千真萬確沒錯……可是，太稀奇了，竟然還有這樣的未來——」

「？」

占卜師開始納悶。

或者說——她已經看穿一切，對他感到同情？翻遍整個世界，也找不到幾個像她那樣的未來視能力。她是在陰錯陽差下，被賦與神明的雙眼。即使是這樣的人，都說得不太有把握：

「你很快會從這個世界上消失。你的前途一片漆黑，未來完全沒有任何希望。你不會留下任何東西，也沒有獲救的可能……但是，太不可思議了，儘管如此，你的夢想將繼續活下去。」

占卜師準確地說中他最後期望的未來。

「——」

他覺得有些高興，但胸口又好痛。

他落寞地笑了笑，將左手抽回。

「我先走啦，老太婆，妳可要長命百歲啊。這一帶到了晚上很危險，老人家最好不要遊盪。」

◇

陌生的小巷、陌生的光明逐漸退去。

他沿著早已走慣的河濱，前往竹林間的屋子。

他在不經意間抬起頭，夜空這時也終於開始哭泣。

一位同班同學的面貌，浮現在他的腦海。

不知不覺間，他跟對方學來的口哨，變成一首熟悉的歌。

「——儘管如此，你的夢想將繼續活下去——」

是嗎，那樣就好——他平靜地低喃。

是不是喜歡上了什麼人——她很清楚，這個問題的回答是肯定的。

然而，他卻只能否定。他所憧憬的事物，無論如何都無法得到手。

這才是他的懼怕所在。

如果她跟少年約定好未來，確實將有東西延續下去。

「不過，前途一片黑暗，的確很符合我的風格。」

他在雨中唱著歌，天真地笑起來。

在滂沱大雨中，他一個人跳著舞似地，踏上回程的路。

本書為二〇〇八年「竹箒」發行之同人誌《空之境界　未來福音　the Garden of sinners / recalled out summer》改稿而成之文庫作品。

浮文字

空之境界 未來福音

（原名：空の境界 未来福音）

作者／奈須蘑菇　插畫／武內崇　譯者／涂祐庭
執行長／陳君平　榮譽發行人／黃鎮隆
協理／洪琇菁　國際版權／黃令歡、高子甯、賴瑜妗
執行編輯／石書豪　美術編輯／李政儀

出版／城邦文化事業股份有限公司 尖端出版
台北市南港區昆陽街十六號八樓
電話：（〇二）二五〇〇－七六〇〇　傳真：（〇二）二五〇〇－二六八三
E-mail：7novels@mail2.spp.com.tw
發行／英屬蓋曼群島商家庭傳媒股份有限公司城邦分公司　尖端出版
台北市南港區昆陽街十六號八樓
電話：（〇二）二五〇〇－七六〇〇（代表號）
傳真：（〇二）二五〇〇－一九七九
中部以北經銷／楨彥有限公司
電話：（〇二）八九一九－三三六九
傳真：（〇二）八九一四－五五二四
中部經銷／高見文化行銷股份有限公司
電話：〇八〇〇－〇五五－三六五
傳真：（〇二）二六六八－六二二〇
雲嘉經銷／智豐圖書股份有限公司　嘉義公司
電話：（〇五）二三三－三八五二
傳真：（〇五）二三三－三八六三
南部經銷／智豐圖書股份有限公司　高雄公司
電話：（〇七）三七三－〇〇七九
傳真：（〇七）三七三－〇〇八七
一代匯集／香港九龍旺角塘尾道六十四號龍駒企業大廈十樓B&D室
電話：（八五二）二七八三－八一〇二
傳真：（八五二）二七八二－一五二九
馬新經銷／城邦（馬新）出版集團　Cite(M)Sdn.Bhd.
E-mail：Cite@cite com my
法律顧問／王子文律師　元禾法律事務所
北市羅斯福路三段三十七號十五樓
二〇一四年五月一版一刷
二〇二四年三月一版十刷

■中文版■

郵購注意事項：
1. 填妥劃撥單資料：帳號：50003021戶名：英屬蓋曼群島商家庭傳媒(股)公司城邦分公司。2. 通信欄內註明訂購書名與冊數。3. 劃撥金額低於500元，請加附掛號郵資50元。如劃撥日起 10～14日，仍未收到書時，請洽劃撥組。劃撥專線TEL：(03) 312-4212 ・ FAX：(03) 322-4621。E-mail：marketing@spp.com.tw

國家圖書館出版品預行編目資料

空之境界 未來福音 / 奈須蘑菇作 ; 涂祐庭譯. --1版.
--臺北市：尖端出版, 2014.05
面 ; 公分.--(浮文字)
譯自:空の境界 未来福音
ISBN 978-957-10-5590-9(平裝)

861.57 103006405